中华民间经典故事会

悬空寺

地方传说

怡安 选编

民间故事

中国社会出版社

图书在版编目(CIP)数据

悬空寺:古建筑传说/怡安选编.—北京:中国社会出版社,2010.5
(中华民间经典故事会)
ISBN 978-7-5087-3198-8

Ⅰ.①悬… Ⅱ.①怡… Ⅲ.①民间故事—作品集—中国
Ⅳ.①I277.3

中国版本图书馆CIP数据核字(2010)第063704号

丛 书 名:中华民间经典故事会
出品策划:李春园
书　　名:悬空寺:古建筑传说
选　　编:怡　安
绘　　图:王无骄
责任编辑:李春园

出版发行:中国社会出版社　　　邮政编码:100032
通联方法:北京市西城区二龙路甲33号新龙大厦
电　话:(010)66080300　(010)66085300
邮购部:(010)66060275
电　传:(010)66051713
编辑室:(010)66060097
网　　址:www.shcbs.com.cn
经　　销:全国各地新华书店

印刷装订:中国电影出版社印刷厂
开　　本:150mm×225mm　1/16
印　　张:11.25
字　　数:106千字
版　　次:2012年3月第2版
印　　次:2013年5月第3次印刷

定　　价:19.00元

编者的话

过去时兴“讲古”，劳动的间歇、热闹的市集、“猫冬”的时候……在人们聚会的所有场合，都会说笑话、讲故事。千万不要小看这些在炕头、在村口讲述的故事，什么是好、什么是坏、什么是美、什么是丑、谁是好人、谁是恶人，说得一清二楚，以一种使人愉悦的形式对人们进行着道德教育，潜移默化中构建起大众共同的价值体系。

这些故事是民间知识读本。它告诉你，我们的先人是怎么理解宇宙的构造、人类的起源、万物生成的来历、人和人之间的相互关系。同时也把民间历史知识如数家珍地演述出来。这种叙说，虽然没有历史学家所表述得那么公允，但是却更明晰地体现了民众最朴实的评价。为人民做了好事的，就应该受到褒奖和称赞；为非作歹、迫害人民的，就应该受到讽刺和鞭挞。这些故事也许并非是真实发生的，但却在某种程度上反映了更高层次的“真实”。

这些故事是调剂我们先辈艰难枯燥生活的精神食粮。在衣食无着、艰难困苦的劳动生活中，故事成为让他们的心灵得到慰藉和愉悦的最佳方式。听故事、讲故事，在笑声中获得一种胜利者的满足。故事的好处是说不尽的。我们哪一个人不是在故事的陪伴下成长起来的呢？这里所说的故事，是广义的概念，包括神话、传说、狭义的故事、笑话等在内的所有口耳相传的散文类民间叙事作品。

神话是庄严的、远古的神圣叙事，涉及宇宙起源、人类诞生、大自然的形成和变化，人类的一切发明和创造，万物的起源以及鬼神世界等，把人们带到了悠远而又神秘的亘古时期。

我们周围的山山水水、动物植物，一位位历史人物、一桩桩历史事件……所有的一切无不被民众以传说的方式演绎成脍炙人口的艺术作品，当做“可信的史实”口耳相传，汇成浩瀚的传说海洋。

故事是最为民众喜闻乐见的民间叙事体裁。这类作品里充满着幻想与虚构，任凭你张开想象的翅膀，让思绪恣意驰骋，神奇的宝物、万能的神仙……使勤劳善良但却被侮辱、被损害的主人公们都能终得善果、天从人愿。

即使是以现实生活为题材的讽刺性故事，也多以虚构为主要叙事手法。十二生肖排座次的故事里，老鼠和牛比大小争第一。老鼠想出一个巧主意，要骑在牛背上逛街。满街的人都喊“好大的老鼠”，却没有一个人理会已经司空见惯的牛。于是老鼠自然就在十二生肖里排了个第一。这样的故事虽然没有神奇的幻想，却以巧妙的虚构贯穿始终，更加生动隽永，意趣盎然。

故事流传的历史，就是一部民众世代延续的生活史，凝聚着先人的心血和才智，是我们中华民族智慧的结晶。那么到了今天，这些故事还有意义吗？科技的飞速发展让幻想不再有神奇的意蕴，在这样的环境中，故事还有存在的空间吗？还能继续发挥它曾经有过的作用吗？

一位伟大的思想家说过，想象具有永久的魅力，是不可企及的艺术高峰。开天辟地的盘古、填海的精卫、挖山不止的愚公、补天的女娲……这些主人公的精神不是仍然在鼓舞着今天的我们吗？牛郎织女的传说、嫦娥奔月的传说、梁祝的传说……这些瑰丽多姿的传说故事，化作世代传袭的文化血液流淌在每一个中国人的身体里。就如同中秋的圆月，早已成为凝结着民族情感的文化符号。今天，这些文化遗产在带给我们灵感和力量的同时，让我们更充实、更奋进，更乐观向上、更有幸福感。

民政部、中央文明办、文化部、新闻出版总署、国家广电总局、中国作协六部委主办的“万家社区图书室援建和万家社区读书活动”是惠及亿万城乡读者的民心工程，现在贡献给各位读者的《中华民间经典故事会》正是其中的一个具体项目，希望我们优秀的民间文化通过图书援建和读书活动得到传承和弘扬。这些故事都是搜集于二十世纪七八十年代的口传作品，很少经过文人的润改和再创造，最能体现在民间流传的原汁原味。在此要特别感谢所有的讲述者和记录者，他们的无私奉献使凝聚着民族智慧的优秀民间故事得到很好的保护和传承。希望这套丛书不仅能够为亲爱的读者提供欣赏的愉悦，也能够借此提升我们大家对祖国文化遗产的关爱。

目录

悬空寺

悬空寺①位于恒山金龙口。相传北魏年间，有一个皇

① 悬空寺：在浑源县城南5公里。始建于北魏晚期，陡崖上凿洞穴插悬梁为基，楼阁之间有栈道相通。寺内各种铜铸、铁铸、泥塑、石雕等像八十余尊，古人题咏镌刻于壁间。

帝在恒山顶上修建了许多寺庙。一天，他和大臣们说：“神仙住在空中，怎会住在地下，修盖一座空中寺院，以示孤王的虔诚，众爱卿，你们说好不好？”大臣们连连说：“好好好！”于是皇帝下了一道圣旨，传令建筑官，要在恒山修一座上不连天、下不接地的悬空寺。建筑官接旨后，跪下说：“我主，庙有基，寺有础，无基础怎能建成寺庙？”皇上恼了，说：“无用货，天下能人千千万万，可去黎民百姓中找，找不出建寺能人，提着你的脑袋来见我！”吓得建筑官连连应承，下殿去了。建筑官回到家中，愁容满面，叹声不断，夫人见他这样，问：“老爷，刚下朝，为啥事唉声叹气？”建筑官把情由一说，夫人说：“老爷这事不难，你在招能榜中，把悬空寺的‘悬’字改成‘玄’字，重赏之下必有能人，只要有人敢揭榜，就没你的事了。”建筑官一听夫人说得有理，就贴出皇榜，上面写的是：“谁能建成玄空寺，赏银万两。”皇榜一出，惊动了全国各地的人。

恒山脚下有一个匠人，很出名。一天，他领着徒弟在平城街上游逛，见一位官员，摇着大扇，守着皇榜，坐在凉亭品茶。他凑上去，把皇榜念了一遍，微微一笑，吩咐：“徒儿，快给师傅把皇榜揭了。”徒弟一揭皇榜，建筑官看见了，赶紧领着匠人复旨去了。

几个月后，工地上一片繁忙，运转拉木头的车辆有十几里长。不到一年的工夫，玄空寺完工了，这位匠人来到京城，上殿复旨，请求领赏。皇帝听了，立即吩咐御林军，摆设銮驾，要亲自验工。

皇帝到了金龙口，抬头一看，看不见悬空寺的影子。回头问："匠人，这悬空寺建在哪里了？"匠人急忙跪下说："我主站的这地方就是玄空寺山门。"皇帝一听，恼了，说："你这刁民，孤王悬榜招能，要的是上不连天、下不接地的空中悬空寺，你怎能把寺建在地上，戏弄孤王？御林军，拉下去斩了！"一声令下，几十个士兵把这位匠人绑了起来，拉到玄空寺外，正要行刑，一个二十多岁的后生从人群中挤出来，高声喊："刀下留人！要建上不连天、下不接地的悬空寺，这不难，请皇上赦免我师傅，让我师徒重建就是了，若杀了他，恐怕再没有人能完成皇上的心愿了。"皇帝看了看，问："你这后生有啥本事，敢说大话？"后生跪下说："我跟师傅学艺十多年，走南闯北，修建了很多名寺，若建不成这座悬空寺，情愿同师傅伏法。"皇帝听完，心想：既然敢说这样的话，一定有真本事。说："后生你听着，一年后建不成悬空寺，要你师徒的脑袋！"说完，吩咐御林军赦免了匠人，起驾回宫去了。

皇帝走后，匠人领着徒弟回到家里，含着泪花说："徒儿，世界上哪有半空中建寺院的道理，你怎敢说出这样的大话，死我一个人还不够，非要死两个吗？"徒弟笑了笑说："师傅，人家皇上当下就要斩您，我这样做，是为了拖延时间。咱慢慢想想，或许能想出办法来。"师傅说："徒儿，你说得有理。"从此，这后生无时无刻不在想办法。一天，他正在屋檐下坐着，一抬头，看见一只蜘蛛吐着丝，在屋檐下窜来窜去，结成一张在空中悬挂的八卦蜘蛛网。他心里一动："哦，这不正是空中建筑吗？"他边想着边跑到师傅面前，说："师傅，咱在悬崖上，把绳子的一头儿拴在山峰上，另一头儿拴在山腰中，钻开眼儿，插上木梁，梁上支柱，柱上搭板，板上建楼，不愁建不成空中楼阁！"师傅闭着眼，想了想说："有道理，咱试试！"就这样，师徒二人上了恒山，在天峰岭、步云路、姑嫂崖、唐峪口之间找来找去，终于找准了翠屏山下一处很立很立的石崖，在这里建成了悬空寺。

悬空寺木柱救顺治

顺治皇帝自从爱妃董小宛死后一直很悲伤，整天茶不思、饭不想，门也不出，一个人呆坐着想董妃。他觉得人世无情，一气之下跑到五台山当了和尚。

董妃有个情人，名叫昌襄，听说小宛死在宫中，就把小宛的死归罪于顺治。他想：清兵不入关，没有大清朝，小宛不会被选入清宫，如果顺治不选小宛当妃子，小宛就不会惨死。所以，他和弟子们整天打听顺治的下落，一心想杀死顺治，为小宛报仇。顺治出家后，昌襄派一个姓李的弟子追上了五台山。

顺治到五台山后，每天在庙里念佛经，整天大门不出、二门不迈，姓李的弟子一直无法下手。有一天，天气很好，顺治想解解闷，散散心，就扛了一把锄，到菜园中锄菜。他刚进菜园，就听见一声喊："呔！冤家，快给小宛偿命来！"顺治抬头一看，这人手握钢刀，满脸杀气，他惊叫一声，扔下锄扭头就跑。那人随后就追。顺治左思右想，一路来到恒山脚下的金龙口。这时，天快黑了，他几天没吃好饭、喝好水，又饿又累，一步也不想走了。刚歇下，就听见一阵木鱼声，抬头一看，半空中有一座寺庙，赶忙顺着台阶往上走，想躲进庙门。工夫不大，追赶顺治的人也来了，四下一寻，见顺治正沿着栈道往上爬，就抢先一步拦住顺治，一拳朝他打来。顺治知道自己难逃活命，身子一软，瘫坐在地上。谁知，那人一拳没打着顺治，正好打在寺里的一根露明柱上。这一打不要紧，只见柱子的柱脚离开柱底石，来回摆动，栈道也随着颤动，像要倒塌一样。那姓李的弟子以为寺庙要塌，忙跑出寺外，心里想，等寺庙塌了给顺治收尸。等了半天，悬空寺纹丝没动，那姓李的弟子知道上当了，忙又进寺寻找，却连顺治的影子也没看到。原来，那根柱子是根摆柱。顺治早由僧人帮忙，从另一边吊下去，连夜逃回了五台山。

听五台山僧人说，事后顺治一提起这件事，就合掌道："悬空寺木柱救我一命，幸甚！幸甚！"

云阁虹桥

人人都说悬空寺修得好，其实，在早先，悬空寺一边还有一座桥，横跨金龙口，像一座彩虹，和天峰岭、翠屏山相连，桥上还有一座云阁，叫云阁虹桥。

相传，云阁虹桥是鲁班的妹妹修建的。为什么只留下悬空寺，没有云阁虹桥呢？据说，鲁班和妹妹修好应县木塔后，听说恒山是个好地方，就来游玩。兄妹俩走到金龙口，正要下山，老天爷却下起雨来，兄妹俩躲没躲处，藏没藏处，只好避在一棵大松树下。哪知，这里地势低，金龙峡发大水，不一会儿就漫到脚下，兄妹俩手拉手，和一伙避雨的人一同沿着山路，躲到翠屏岭半山腰。

一起避雨的人中，有两个老婆婆，一胖一瘦，胖婆婆说："你看，这里山高路又远，连个避雨处也没有，听说鲁班兄妹在应县修塔，求他兄妹二人给咱这里修个避雨的地方吧！"

瘦婆婆说："咳，人家忙得能顾上吗？看这大水，连上山的路也断了，啥时才能有座桥呀？"

她俩闲扯着，鲁班和妹妹都听见了。天快黑时，雨停了，避雨的人都回了家。妹妹说："哥哥，咱在这里修一座亭子吧，好让过往行人有个避雨的地方。"

鲁班说："那好，修不修桥？"

"修！"

"妹妹，咱明天还要回家，没空儿呀。"

妹妹想了想，说："要想快，咱俩再比一次。"

鲁班一听，妹妹又要比赛，说："描花绣鞋，一不用力气，二不受风吹日晒，你省心，我受不了。"

妹妹一听来了气，说："我一夜修好云阁虹桥，你天亮建座悬空楼；要不你做十二双绣鞋，我修桥带盖楼。"

鲁班一听，心想：自己不用说做十二双绣花鞋，连一双也做不成；可是叫她建桥修楼，她也能行；再看妹妹生了气，不如依了她。于是，答应自己建悬空楼，妹妹修云阁虹桥。

这天黑夜，妹妹一夜没睡，找来木头，又劈又刨，很快就在翠屏山和天峰岭搭起云阁虹桥的架子。头更天，她回头看看峡谷那边，哥哥的悬空楼也快完工了。妹妹听见那边斧声锯声叮叮当当地响，心里很着急，忘了把桥头和石缝的接口用楔子钉死，就草草完工了。她收拾好工具，左等右等天不亮，就对着翠屏山学鸡叫："咕咕咕——咕咕咕——"鲁班听到鸡叫，以为天要亮了，看看悬空楼，也就收工了。他正想走过去与妹妹见输赢，走到眼前，才知道上了妹妹的当，一气之下，扭头就走，回家去了。

悬空寺是鲁班修的，至今很结实；云阁虹桥是妹妹修的，桥两边没有钉上楔子，没几年就塌了。如今，在修云阁虹桥的地方，还能看到修造时钉在山壁中的木头呢。石壁上写着"云阁虹桥"四个大字。

火烧白马寺　水淹黑鹰窝

相传很多年前，悬空寺对面山上，有一座寺院。寺庙不大，山高坡陡，除了一些家中有重病的香客外，很少有人来。寺里有个和尚，名叫白马法师，寺院也叫白马寺。白马法师不守佛规，每当看到悬空寺的香客来来往往就很嫉妒，一心想霸占悬空寺。但是，他听说悬空寺的主持静悟道人有道行，不敢轻易下手。

一天，白马法师决心要和静悟道人见个高低，他用拂尘向南一指，唐峪河发起大水，水势很凶，很吓人；再用手一指，大水向悬空寺冲来。静悟道人正在寺里打坐，听见水声，知道是白马法师作怪。他不慌不忙，口中念念有词，冲来的水慢慢退下去了。一连七次，水离悬空寺只有五尺远，但一点儿水也上不去。白马法师没法子，又用手一指，水顺流而下，把浑源城刮掉一角。

静悟道人见白马法师寻事，也火了，向空中大喊："黑鹰，你在哪里？"话音刚落，从山洞里飞出一只大黑鹰，落在悬空寺角楼上。静悟道人说："黑鹰，白马行为不正，是佛门的败类，如果不管教，百姓将不得安宁，你去教训教训他，不要伤了性命。"黑鹰啪啦啦，展开翅膀飞起来。白马法师不知静悟道人的道行有多大，更不知大弟子的神通，见黑鹰飞来白马寺，用翅膀一扇，呼啦一声，眨眼间大火熊熊。白马法师闪在一边，好险啊，一座寺院很快化为灰烬。白马法师怕了，忙骑了一把扫帚，向空中逃去。临走时，一甩拂尘，把大水抽出一股，朝黑鹰窝冲去，怎奈他法力有限，只把黑鹰洞口的碎石、泥渣冲洗了个干净。

现在，人们到悬空寺，走进唐峪口半里地，抬头仰望，就能看到半山上有一个洞。再往里走，与悬空寺相对的恒山山峰上，有一块平地，隐约可见一些残垣断壁，这就是黑鹰洞和白马寺的遗址。

云冈石窟出世

传说很久以前，武周山下有个小村庄，叫云冈村。这个村里住着打不动仗的边关老兵和他们的子孙后代，他们靠开荒种地过日子。村子边上，有一个沙子堆起的小山，后来越堆越大，最后堆成一个五十多丈高、四五里宽的大沙堆。每当天黑时，沙堆里就传出好听的鼓乐声。云冈村里的人都很奇怪，互相打听是咋回事，可谁也不知道。村里有个放羊的后生，每天赶着羊群到沙堆前听鼓乐声。日子久了，羊倌也学会了吹笛子、哼调子。说也怪，他一吹笛子、一哼调子，沙堆里面也附和着奏乐。羊倌越来越奇怪，想弄个明白，于是他回到村里叫人们和他去挖沙堆，看看里面是什么。可是村里人谁也不敢去，羊倌只好一个人扛了把锄头去挖。一天过去了，又一天过去了，整整挖了七七四十九天，挖了一个大沙坑，上上下下都是沙子，没有挖出稀罕东西。他坐在沙坑旁愣神儿，这时，从沙坑里传出“隆隆”的声音，羊倌听了生气地说：“光叫唤不出来，干啥?”接着沙坑里传出声音说：“我要出来，我要出来!”羊倌顺口说：“出来就出来吧，叫唤啥!”说完，天崩地裂一声巨响，红光照满天，羊倌定睛一看，好家伙，沙堆从当中裂开一条大沟，出现一座好几里长的寺院，楼阁一座接一座，石佛金光闪闪，寺院里鼓乐喧闹，美丽的歌妓在空中飞着，不一会儿飞到石壁上，变成石头人。羊倌被眼前的情景迷住了，又进大殿一看，后面都是石窟，一尊尊几十丈高的石佛坐在莲花台上，周围有数不清的天女、力士、罗汉和神。这一奇景惊动了方圆几十里的老百姓，人们成群结队，纷纷前来看热闹。从此，云冈石窟①成了佛家圣地。羊倌死后，人们为了纪念他，在石窟顶上塑了一尊像，每逢节日，当地的香客都前来朝拜。

---

① 云冈石窟：在大同市西16公里武周山南麓，始凿于北魏兴安二年(453)，大部完成于太和十九年(495)，依山开凿，东西绵延1公里，现存主要洞窟53个，造像五万余尊，主要有昙曜五窟、露天大佛、五华洞等石窟群，是我国最大的石窟群之一，也是世界闻名的艺术宝库。

昙曜五窟

云冈石窟第十六窟到二十窟是有名的“昙曜五窟”。这五窟中最高的一尊石佛高五丈一尺。窟中石佛各有特色，个个雄伟端庄。相传，昙曜是北魏有名的高僧，很有学问。北魏太武帝信道不信佛，下令拆寺庙，杀和尚，驱尼姑，历史上叫“太武灭佛”。昙曜法师闻风潜逃，隐居深山，不与世人来往。谁知太武帝晚年得了一场大病，信仰佛教的大臣们说这是灭佛的报应，纷纷请奏复兴佛教。太武帝的病虽经各路名医竭力治疗也不见好转，于是连他自己也认为这是佛祖的惩罚。临终时他嘱咐儿子文成帝：“佛教复生，供奉高僧。以后诏书天下，全面复兴佛教，录用高僧。”于是，文成帝继位以后便诏书天下，全面复兴佛教，录用高僧，重振佛业。不久，隐居在深山的昙曜听到这个消息，带领众徒弟下山，跋山涉水，来到平城。到了平城，他几次想求见文成帝都没有实现。因为文成帝不知道他的底细，需要派人查访。昙曜为了见到文成帝，每天苦思冥想，终于想出一个好办法。他带领徒弟们每天在宫门前修行养道，讲经说法，因为皇帝有诏书，武士们谁也不敢驱赶和尚。有一日，文成帝率领文武大臣到郊外打猎，当队伍走出宫门，昙曜挡住文成帝的马头便拜。文成帝十分恼火，可看他是个和尚，气度不凡，便让士兵上前询问拦路下拜是何道理。昙曜便把自己愿到文成帝手下为僧，立志为文成帝全面复兴佛教出力的想法讲了一番。文成帝见他谈吐甚有远见，有心留用，可又因为一时摸不清他的底细而拿不定主意。昙曜见文成帝低头不语，以为不愿收留，愤而准备离去。正巧这时文成帝的马咬住了昙曜的袈裟，被文成帝一眼看见，以为这是天意，是吉兆，赶紧下马亲自挽留，命昙曜承担刊印经书、重修寺院、录用僧人的重任。

昙曜得到信任以后，为了展示他的才华，奏请文成帝在武周山云冈开凿洞窟，雕凿佛像，以壮佛威。文成帝准奏，给了他上万名能工巧匠和无数钱财，于是规模浩大的工程开工了。昙曜法师亲自指挥，亲自设计绘图，亲自雕凿，在僧人和工匠中威望很高。昙曜为了扩大佛教的影响，讨得皇帝的欢心，仿照北魏五个皇帝的形象凿了五个洞窟的主佛。施工中，他逐个查看佛像的艺术造型，经常席地而坐，教徒雕刻，要求工匠一斧不多凿，一斧不少凿，斧斧见功夫。他还到处游说，募集钱财，经过几十年的努力，五个洞窟终于建成了，但昙曜法师因操劳过度合上了双眼。为了纪念昙曜，人们把这五个石窟叫做“昙曜五窟”。

云冈石窟的庙门

提起云冈石佛，人们都会说："石佛比山高，手在半山腰，耳朵能下棋，手心能摆席。"可是那么大的庙，那么多的佛，为什么只有一个小庙门呢？

相传，康熙小时候，听老师说过，云冈石窟的佛大庙也大，建筑也很精美，他就一心想到云冈石窟朝佛拜庙，看个究竟。后来，康熙当了皇帝，一次他到大同私访，第一件事就是到云冈朝拜。大同到云冈三十里山路，康熙一边走，一边观望路边的风景，到了云冈已是黄昏。他找人打听，那人指着一个庙门说："那就是云冈大庙。"他走过去一看，原来是一个宽不足三尺、高不足一丈的庙门。心想：人常说，云冈山有多高，佛有多大，佛大庙一定大，可这庙门为什么这么小？心里想着，上前敲门，出来一个老和尚，提着灯笼。康熙上前施礼问："老师父，这是云冈大庙吗？"老和尚说："不敢，不敢，小庙一座。"康熙又想：人人都说云冈庙大佛大，可庙门这么小，和尚又说是座小庙！于是上前说："老师父，我是过路商客，天黑了，想在庙里住一宿，行不行？"老和尚说："出家人以善为本，客官别说是住一宿，就是十天八天也行。"说完提灯领路，找了一个客房，安排他住下。

第二天早晨，康熙早早起来，到庙里游逛。进了石窟，好大的石佛，好高的庙啊！他看得眼花缭乱，此时一肚子疑虑全消了，自言自语地说："天下奇观，名不虚传，可惜庙门太小了。"这时，太阳老高了，老和尚前来催他用饭。他顾不得用饭，又看了一阵，只见庙院里无花草树木，一片荒凉，感叹道："可惜这一天下奇景放在这个地方。"游览完，找老和尚要来文房四宝，写了四句话："庙大门小假神神，荒山秃岭穷山头；拨下白银一万两，重修庙门栽梧桐。"写完，具名加封，递给老和尚说："一个月以后再打开，照上边说的办就是了。”说完，赏了老和尚二十两白银，起身就走。众和尚簇拥着将他送出庙门。出了庙门，康熙抬头一看，庙门有两丈宽、三丈高，这时他才明白，初来时走的是旁门，今天走的才是正门。有心收回留笔，可又想自己是皇上，君无戏言，于是心中暗暗发笑，辞别众僧走了。

一个月以后，老和尚叫来众和尚，打开康熙写的那卷纸一看，个个吓得浑身颤抖，全部跪倒，烧香供奉，山呼万岁，并火速派人到大同府禀报。知府哪敢怠慢，赶紧派人打开官库提出银两，重修庙门，栽植梧桐树。

正要开工时，大伙把康熙的圣旨看了半天，弄不清庙门是让往大修，还是往小修。最后禀报知府，让知府拿个主意。知府琢磨了半天，才说：“皇上说‘庙大门小’，就是让我们修个小门。”于是就动工，拆了大门修了小门。为了显示皇威，门下面修了个高台。现在的小庙门和高台，就是那次修的。门前栽的那几棵梧桐树，因气候不适，第二年就全死了。后来又补栽了几棵槐树和榆树，至今还活着。

九龙壁的来历

朱元璋的第十三个儿子叫朱桂，从小被立为太子。他不习文，不练武，脾气很怪，吃猪尾巴用牛头也换不出来。快二十岁时，父王见他无才无德，便废太子，封为代王，镇守大同。代王到了大同，经常调戏良家女子，无故杀人，大同百姓在背地里叫他愣怔代王。

代王的夫人，是大将军徐达的女儿，虽然出在将门，却是个泼妇。一次，把代王的两个丫环的脸上涂上锅底黑，发泄她的妒火。就这样，两口子把代王府搅得不得安宁。

朱元璋废了太子，又立四子继位。代王知道了，大闹金殿，嚷着要当皇帝。朱元璋没法子，只好在大同城里大兴土木，按照皇宫的样式，修建了宫殿，才堵了代王的嘴。

一天，代王想到燕京京都逛逛，看看四哥朱棣。燕王听说他弟弟要来，嫌麻烦，不想见他。但代王找上门来，又不好意思不见，只好硬着头皮接到皇宫，三天一小宴，五天一大宴，好吃好喝招待他。有一次，代王酒足饭饱，在王府外闲逛。他看见燕王府门前的照壁，是一座琉璃九龙壁，挺好，他也要在自己府前建这样一座照壁，还死皮赖脸地把燕王建照壁的图纸带回大同，请怀仁县吴家父子三人烧制照壁。代王夫人知道后，要求匠人建得比燕王府门前的照壁长二尺，厚二寸，代王惹不起夫人，就照她说的做了。所以，大同的九龙壁①比故宫里的还大呢。半年后，九龙壁建成了，王府门外披红挂彩，鼓乐吹奏。代王朱桂、老将军徐达和女儿登上城楼，手把栏杆，观望九龙

① 九龙壁：在大同市城区东街。建于明洪武二十五年（1392），为明太祖朱元璋第十三子朱桂代王府前照壁。崇祯末年，府邸毁于战火，唯九龙壁幸存。

壁。只见壁身又高又大，九条彩龙活灵活现。代王乐疯了，喝了一顿酒，连连叫好。不大会儿，天上阴沉沉的，下起了蒙蒙细雨，代王命人点上红烛。宫灯亮了，穿过雨帘，彩壁上的九条龙就像在浴水，所以，有雨中戏龙一说。代王又叫了一声好。忽然，空中一闪电，响起雷声，朱桂一惊，酒杯失手掉在地上，他迷迷糊糊看见从天上下来两条龙，一黑一黄，在照壁前吐水。原来，天上的龙王见了九龙壁，以为是真的，便送来了雨水。雷雨过后，代王命人到照壁前看看，回来的人禀报：九龙壁后的金泊仓，三步以里被雷劈出两眼井。这就是九龙壁一景：两步两眼井。同时，在九龙壁前还劈了个大坑，积满了水，代王让人砌了一个水池，九龙壁倒映在水中，风吹水动，像游龙戏水，叫倒影池，是九龙壁又一景。

应县木塔有多少层

应县木塔[1]究竟有多少层？见过木塔的人都说是六层。

① 应县木塔：全名佛宫寺释迦塔，在应县城内。辽清宁二年（1056）建，是我国现存最古老、最高大的木结构塔式建筑。

但这个地方的老年人说：不是六层，是十二层。那么，另外的六层哪里去了？

传说古时候，有一朝皇帝从应县选走了几个宫妃。几年以后，这几个宫妃想回娘家看看。皇帝就叫人先在应县建一座省亲的行宫，建好后让这几个宫妃和家人在行宫会面。那时候，鲁班工匠被请来造这行宫。工程的木料刚凑齐，鲁班的妹子来看他，兄妹俩拉起闲话，谈到那年在赵州比造桥的事儿。妹子说："造桥不光要手巧，还得力气大，你男子汉当然占便宜了。再比就比各尽其能，各显神通。"鲁班说："妹子啊，别比啦，你巧是巧，你还没哥手快。"他妹子说："没你手快，今儿黑夜就比比，我赶天亮就做好十二双描金绣花鞋，你能赶天亮建起十二层塔？要不，就你绣鞋，我建塔。"鲁班听了，一想：自己别说做十二双鞋，连一双也做不出来，可让她造塔，她也能行。不如依她的办法比吧。于是，就答应了这场比试。

太阳一落山，兄妹二人就忙开了。鲁班使出浑身的本事，鸡叫头遍的时候，钉进最后一个楔子，把十二层木塔高高地竖在那儿。鲁班进屋叫他妹子出来看塔，他妹子也刚好缝完十二双绣花鞋的最后一针。鲁班妹子出来一看，就嚷叫起来："哥呀，你看你那塔晃悠着往下陷哩。"鲁班回头一看，见第一层已经陷进地里头啦，大吃一惊，慌忙跑到塔跟前查看，忽然听见地下的土地神哼哼哟哟地叫着："鲁班呀，我没得罪你啊。压死我啦。哎呀，活不成啦，骨头快压断了。"鲁班一听就急了，一巴掌把上边的六层打到后草地[1]了。土地神头上一轻，就把陷下去的六层塔顶了起来。鲁班说："这下可输给我妹子啦，都怨你这个土地神，连一阵儿也熬不住。"说完，一跺脚就走了。临走丢下一句话："这地方不能造塔！"

鲁班一跺脚走了，土地神急了，他觉得对不起鲁班，害得他输给了妹子。他就趁鲁班妹子在门口瞭望塔时，悄悄地进屋偷了一只绣花鞋，鲁班妹子左等她哥不来，右等她哥不见，就打算抱上十二双绣花鞋去找她哥理论。回屋一拿鞋，哟，少了一只，怎么也寻不见，可气坏了。这也没法和她哥论高低了，气呼呼地说："这地方还建行宫呢，连我的绣花鞋都丢了，快换地方吧！"这时民工们说："鲁班已经走了，鲁班说这地方不能建行宫。"官吏回去把鲁班兄妹的话告诉了皇上，皇帝取消了在应县造行宫的旨意，却苦了那几个选进皇宫的女孩子，一辈子也没能回成娘家。

---

① 后草地：指内蒙古草原一带。

明六暗九八个角

不知多少年以前，有位皇帝为了让贵妃娘娘看到恒山美景，决定在应州[1]建造一座木塔。命献计大臣为钦差，

① 应州：即今应县。

专管建塔事宜。

钦差大臣到了应州，召集天下所有能工巧匠建造木塔。并按照皇上和贵妃娘娘的旨意，给工匠立下一道军令状，上写：“限一年建造一座明六层、暗九层，层层要有八角楼；里外上下用木头，一直盖到云里头的木塔，延误期限者斩。”这下可难住了这些工匠，一个月过去了，木塔的模型还没有出来；三个月过去了，还不见动静。钦差大臣吓坏了，他又急又怕又气，延误了期限，丢了前程事小，还要掉脑袋。于是，再次下令：“三天内再不开工，格杀勿论。”并派兵把工棚团团围住，防止工匠逃跑。领头的工匠把大伙叫到一起想办法。大伙你看我，我看你，谁也不说话。吃饭的时候到了，谁也不动弹，唉声叹气，哪有心思吃饭。正在这时，工棚外来了一位白胡子老头，他推开门就问：“谁是领头的？我是个工匠，想搭你们的班子，打个下手，干点儿粗活。”大伙一听，没好气地说：“我们下阴间，倒来了个搭伴的。”有几个年轻工匠上前去推：“快走，快走，赶吃赶喝，哪有赶死的？”谁想老头说：“不让入伙也行，给口饭吃行不行？”领头的工匠不耐烦了，大声喝道：“伙房里的饭没人吃，你自己进去想吃多少吃多少，吃完快走。”说罢，大伙再也不去理那个老头了，低着头各想各的事。不一会儿，就从伙房里飘来一阵阵诱人的香味，引得大家肚子咕咕叫。工匠头说：“反正咱也活不成了，吃饱了再说。”大家一进伙房，惊呆了，饭桌上整整齐齐摆着一碗碗香喷喷的上等饭菜。大伙一数，不多不少，每人一份。人们端起饭碗，发现没有筷子，进厨房一看，空无一人，桌子上放着一座用筷子做成的木塔模型。一数，明六、暗九、八个角，一颗钉子也不用，正是大伙苦思冥想的木塔模型。大家心中的石头落了地，脸上有了笑容，这时才想起那个白胡子老头。人们到处去找，连个影子也没有。领工头如梦初醒，打着脑袋说："是鲁班师父看到他的弟子有了难处，下凡相救来了。"于是率人朝天就拜。

第二天一早，叮叮当当开了工。钦差大臣一看，马上撤走了围着工棚的兵士。工匠们从钢刀下面捡了条性命，木塔如期完工。怪不得直到现在还有人说应县木塔是鲁班爷造的呢！

五台山灵鹫寺的来历

东汉永平年间，有天夜里，孝明帝做了个梦。梦见一个丈八高的金人，飘飘悠悠地来到宫廷，身上放着光，照得他连眼也睁不开。第二天早朝，孝明帝一登殿，便叫文武大臣给他圆梦。有个大臣叫傅毅，说：“皇上，为臣看过《周书异记》，在一千多年前，西方出过一个大圣人，教化众生，后来圆寂归了天。皇上梦见了金人，是天神助我汉帝江山的好兆头。”孝明帝听了很高兴。

没过几天，印度的摩腾、竺法兰两位法师牵着白马来到洛阳，把佛像和经书献给了孝明帝。孝明帝一看画像，和梦见的金人一模一样，便传出圣旨，允许摩腾和竺法兰在中国传教。

摩腾和竺法兰四处云游，有一天来到清凉山，看见五座山峰，峰顶高高的，围抱着台怀腹地，山上百草飘香，沟里流水清清，有一座灵鹫峰，和印度的灵鹫峰一模一样，脱口道：“圣地，圣地，这地方太神妙了！”两位法师返回洛阳后，奏请孝明帝，在清凉山修建佛寺，并说：“先前，释迦牟尼在印度的灵鹫山给弟子们讲《华严经》，讲到文殊菩萨神能的时候就说过，东北方有个地方叫清凉山，文殊菩萨在那里演教说法，我们到清凉山一看，那里也有座灵鹫峰，还有阿育王建的舍利塔，确实是佛教圣地。”这样一说，孝明帝越发信仰佛教了，就在清凉山修建了大孚灵鹫寺，就是现在的大显通寺。直到今天，人们还在说：“天竺飞来灵鹫鸟。”从此以后，五台山就成了佛教圣地。

文殊发塔

五台山大塔寺东边，有一座不到两丈高的小砖塔，叫文殊发塔。相传，北魏年间，大孚灵鹫寺每年春季三月过会时，都要设“无遮斋”，不论僧俗、男女、穷富，都要让他们饱吃一顿。

这天，有位衣衫破烂的女人，怀里抱着一个孩子，手里拉着一个孩子，身后还跟着一只狗，也随着人流走进寺院。她见香客施舍金银，自己身无分文，就剪下几绺头发施舍。这时，还不到吃斋的时候，这女人对当家和尚说："我有急事，先给我们娘几个吃些吧。"当家和尚点了点头，让小和尚打了三份粥，给她和两个孩子先吃。这女人接住饭碗不吃，说："还有我的狗呢。"当家和尚不大高兴了，不过还是让小和尚给狗盛了一碗粥。女人又说："我肚子里还有个孩子，也得吃些东西呀。"当家和尚恼了，说："你真是贪心不足，肚子里的孩子还没出世为啥要吃的?"女人被骂了一顿，抬起头，吟出四句诗来："苦瓜连根苦，甜瓜彻蒂甜，三界无住处，致使阿师嫌。"吟完，一跳升到天空，化为文殊菩萨，两个孩子变成了仙童，狗也变成了绿毛狮子。寺院里，几千名斋客赶紧面朝菩萨礼拜。当家和尚恨自己有眼不识真神，取出刀来要挖自己的眼睛，众僧连忙上前劝说，他才住了手。

后来，寺院里的僧人就在大塔寺东边建了一座塔，把文殊菩萨所施的头发藏在塔里。

到了明朝万历年间，在圆广和尚的主持下，发塔重修了一次，从塔底下挖出几绺头发，颜色金黄。今天的文殊发塔，就是那时重建的。

西藏飞来塔

五台山下有座寺院叫“宝华寺”，在大白舍利塔的北面。寺院里有燃灯佛母塔，高一丈多，为藏式瓶形塔，四角没有小塔，有相轮十三级。据传，这座塔的塔座在西藏，塔身在西宁塔尔寺，塔尖是飞来的。

在很早的时候，有一天，五台山有一位白发老汉，走进塔儿沟，望望天，摸摸树，采采花，坐一阵，走一阵，说一阵，唱一阵，过路人见了，觉得很奇怪。那时，这条沟里住着几十户人家。这位老人来到沟里，挨门逐户地劝告说："今天中午，有座塔尖要落到这里，大伙赶快把东西搬出去，房塌了，人会被压死，迟了就来不及了。"人们听了不信，还说他是疯子。有位小伙子取笑他说："鸟儿长着两只翅膀会飞，塔尖也长翅膀吗？"又有人问："你见过塔尖是怎么飞的呀？"老汉见人们不听他的话，急得从这家出来，又进了那家，叫他们赶快搬家。可是，任他怎么说，人们就是不信，老汉看自己的劝说不顶事，说："善心示世人，世人笑善心。惑者实难悟，悟者解惑难。"

这时，太阳越升越高，眼看就到中午，老汉急得团团转，嘴里不停地说："惑者！惑者！不解罪也。"这时，有个小孩说："你们听，那个老汉又在说疯话呢。"于是一群小孩围着他喊："疯子！疯子！"老人见小孩戏弄他，就抱了一个小孩，朝村外跑。人们看见了，一面追一面喊，一下子把全村的人都惊动了，男女老少都跟着追了出去。人们追得快，老汉跑得快，人们追得慢，老汉跑得慢，怎么也追不上。追了一会儿，老汉在坡上站住了，和那小孩坐在草地上休息。一位年轻人追到他身边，正要动手打他，老人双手合十念道："打人！罪过！罪过！"此刻，突然天色大变，天昏地暗，刮起大风，只听见"轰隆"一声，人们都被震呆了。转眼间，风停云散，太阳又暖融融地照在人们头上。抬头望时，却见一座大铜塔尖和四个小塔尖摇摇摆摆地飘飞而来，又慢慢落在佛母塔上。在落下的时候，只见几家房屋被震塌了。人们这才明白过来，老人并不是疯子，而是为了救大家的性命！人们醒悟过来，找老人道谢时，老人已经没影了。

事后，有位老人说："咱村今日不出人命，全凭那老人的帮助。"人们为了塔的安全，就集资请了一位最好的雕刻工，刻了一尊楠木文殊像，置于宝华寺的正殿里。因为这座塔的尖是从西藏飞来的，所以人们叫它"西藏飞来塔"。

小朝台的来历

乾隆皇帝信仰佛教，到处修建寺庙，还借御巡的名义到全国各地朝山拜佛。

相传，乾隆皇帝几次来五台山，想登上台顶，参拜一下各台的文殊菩萨，以保大清江山，但每次都因刮风下雨没能上去。

乾隆四十八年春，他又来到五台山，正准备登中台顶，老天又和他作起对来，一连几天风搅雪，下个不停，还是不能上去。几个侍臣知道黛螺顶的青云和尚在中台顶住过，就叫皇上把他召来引路。于是，乾隆皇帝召来青云和尚，问道："听说你在中台顶的灵教寺住过二十年，朕也想上去朝拜五方文殊，怎么总是上不去呢？"青云说："中台顶气候变化无常，不是刮风，就是下雨，除非六月天，否则上不去。"乾隆听了，心想："五台山的六月雨，正是各寺庙门大开，天南地北的香客前来朝拜的时刻，这时我进山，谁能担保没人暗地行刺？还是避开这个季节为好。"想到这里，他对青云和尚说："朕三年之后再来，既不用登中台顶，又能朝拜五方文殊，你替朕办好这件善事。"青云明知这事难办，但在天子面前不敢说什么，只好答应。

一年过去了，两年过去了，眼看到了第三个年头，青云和尚还是没想出两全的法儿。他心里急，连早晚参禅打坐的功课都忘了。说也凑巧，一天，小沙弥柱柱供斋时偷吃供果，被青云看见，他一肚子怨气正没处发泄，便手持戒尺扑上来要打。忽然他想：何不借此来找个"替死鬼"呢？于是改口说："你偷吃供果，本应处罚，念你是初犯，不打你了。限你三天之内，想出个既不用登中台顶，又能朝拜五方文殊的主意来！如果做不到，二罪归一。"

这下可把柱柱愁坏了。每天一个人站在山门口望着五个台顶发呆。第三天一早，他想出一个主意，告诉了师父。青云听了，把一串新念珠戴在柱柱脖子上，说："这个法儿我也想过，全靠菩萨保佑了。日后，不许在外人面前说是你想的主意。"紧接着，青云请来几个有名的雕塑匠，照着五个台顶五方文殊菩萨的模样，没日没夜地雕塑，雕塑成后分放在寺里的东南西北中五个殿内。并在各殿门额上标上：东台聪明文殊，西台狮子吼文殊，南台智慧文殊，北台无垢文殊，中台孺童文殊。后来又将各殿文殊合迁中殿内。这样，前来朝山的僧众，登黛螺顶就莫登台顶；进各殿参拜，就算朝拜了五方文殊。既能合了乾隆的心意，还能招来更多的僧侣香客，使佛门香火旺盛。青云看着想着，高兴极了，巴不得乾隆当天就来拜佛。

这年三月，乾隆皇帝果然来了，他登上黛螺顶，由青云和尚引路，到各殿朝拜了五方文殊。他明知道是假的，但为了不受风寒，就认可了这一做法。礼毕，他来到山门牌坊前，向四面一望，五台各寺都能看到，好一派圣地风光。

从此，人们便称上黛螺顶拜五方文殊为小朝台，亲自登上五个台顶礼拜为大朝台。

铁瓦殿的鼓

五台山北台铁瓦殿有面鼓，有人说是人皮做的，有人说是牛皮做的，也有人说既是牛皮也是人皮做的。到底是什么皮做的呢？

相传，北台之阴有座黑山寺，黑山寺里有个僧人，法名叫法爱。法爱在黑山寺里当了二十多年监寺，手头攒了不少钱。这人虽然出家为僧，可他爱财如命，用手里的钱买了许多田地雇人耕种，渐渐变成家有万囤粮的财主。没过几年，法爱老了，眼看不久于人世，便把徒弟海明叫到跟前吩咐："我没子弟，就你一个徒弟。这份庄业来得不容易，你把它好好经营起来，才不枉费我一番苦心。"不多时，法爱就断了气。

事有凑巧，就在法爱断气的当儿，庄上生下一头小牛犊。这牛犊一月头上能撒欢，二月头上能拉车，三月头上能耕地。别人家种地，两头牛拉一张犁，它一头拉一张；别人家收秋，两头牛驮十捆谷子，它能驮十二捆。法爱留下的田地，有这一头牛就够了。过了三十年，牛老了，又生了病，海明想把它卖掉，再买两头壮牛使用。一天掌灯时，海明回到堂前，身子有点乏。他刚刚落座，正想沏一壶茶喝，上眼皮和下眼皮便打起架来，不一会儿就睡着了。他做了一个梦，梦见走来一个人，低着头，跪到面前说："海明救救我，海明救救我。"海明问："你是谁？"那人一边哭，一边说："我用寺里的钱买了地有罪，需要三世为牛才能还清。眼下我在庄上耕田三十年，老病无力，少不了死在刀尖下，再转牛胎。请你看在师徒份儿上，救救我！"

海明吃惊地瞪大眼睛，问："你是亡师？我怎样救你？"那人说："我死以后，你把我的皮剥下来做一面鼓，鼓面上写上我的名字，让人们千敲万击，只有这样才能赎清我的罪过，不然，那庄田也要被沙埋，被水淹……”

海明有点头皮发麻，打了个寒战，问：“你是不是我的亡师？你把头抬起来，让我看看你的脸！”

“我真是你的亡师啊！”那人站起身来，一头碰死在柱前。海明忽然惊醒，东方发亮，他正要出去看看那头老牛，佃户走进来说：“那头老牛，自己撞柱死了。”

啊！海明明白了：造孽要还，不义之财不能占。为了赎清亡师的罪过，他把老牛的皮剥下来做了一面鼓，送到文殊殿，并把所有的庄田全部卖掉，在台怀镇开斋济贫。从此五台山便有了面牛皮鼓。

柳眉坐瓮

太原最有名的古迹是晋祠[1]。晋祠最有名的是难老泉，

① 晋祠：在太原市西南25公里悬瓮山下晋水发源处。始建于北魏前，为纪念周武王次子叔虞而建，祠内有著名的难老泉、水母楼、周槐、隋槐等景观。

人称“晋阳第一泉”。泉水从水母楼下的石洞中流出，顺智伯渠流入祠外，又流进稻田和藕池。

可是，在很久很久以前，附近几十个村子连井水都打不出来。那么，难老泉是怎么来的呢?

传说当年晋祠背后的悬瓮山下，有一个小村子，村里有一户姓张的人家，全家三口人：婆婆、儿媳、小姑。婆婆老，小姑小，里里外外全靠媳妇一人操持。

媳妇长着一对柳叶似的眉毛，村里人都叫她柳眉。柳眉姑娘进张家不到一年，公公和男人都得病死了。婆婆便一口咬定说是媳妇的命硬克死的，恨她恨得咬牙切齿，稍不遂意举手就打，张口就骂。婆婆一骂，小姑就帮腔，这母女俩整天骂声不绝。

柳眉姑娘一天要担两担水，来回四十里，又都是山路，好不容易把水担回来，婆婆还百般刁难，硬说担在身后的那桶水不洁净，硬逼着柳眉把水倒掉。

一天，柳眉担着一担水，摇摇晃晃地在路上走着，忽然，她看见眼前站着一个白胡子老头，手里牵着一匹白马。老人向她施了一礼，说：“姑娘，让我这匹马饮口水吧!”柳眉转头一看，那匹马浑身是汗，耷拉着脑袋，张着嘴呼哧呼哧地直喘。她立刻放下担子，提起身后那桶水饮马，可是，这匹马真奇怪，对着满桶清清的水就是不喝。老人笑了笑，说：“这马有个怪脾气，光喝身前那桶，不喝身后那桶。”柳眉惊得说不出话来，心想：“这畜生怎么和我婆婆一样?”看着它难受的样子，又很不忍心，便又提过身前那桶水放到马跟前。那马一见这桶水，呼噜呼噜几下子就喝光了，喝完还朝天长嘶一声。柳眉高兴得笑了。白胡子老头说：“多谢姑娘！”说完，立刻就不见了。

从此，一连三天，柳眉担水时都遇到白胡子老头，每次都要求用她身前那桶水饮马。柳眉都照样给它喝了。

第四天，当白马喝完水后，白胡子老头交给柳眉姑娘一根鞭子，对她说：“从今以后，你就不用再担水了。你把这根鞭子带回去，放在水瓮里，鞭子提到哪儿，水就满到哪儿。”柳眉高兴地接过鞭子。老人说：“不过，你千万别把鞭子提出水瓮外面。切记！切记！”柳眉弯腰施礼，抬头一看，白胡子老头和白马已无影无踪。

柳眉把鞭子拿回家一试，果然很灵，本来只有一瓮底的水，她一提鞭子，眨眼间就是满满一瓮清水。喜得她禁不住告诉了婆婆，告诉了小姑，告诉了乡亲们。从此，全村人就不用再跑远路提水了，柳眉姑娘也能抽空走走娘家。这件事却把婆婆和小姑子气坏了，她们一恨柳眉走娘家，二恨人们来她家担水。有一天，婆婆趁柳眉住在娘家，便窜进厨房，从水瓮里一把抓起鞭子，狠狠摔到地上。鞭子一出瓮，水就顺势从水瓮里流出，婆婆吓得连滚带爬往外逃，水就跟着她流出厨房，追到院里。霎时，水就像山洪一样，冲着婆婆和小姑卷来。这水势越来越大，越来越猛。婆婆和小姑挣扎了几下，便淹死在水中。

柳眉正在娘家梳头，听见水声，就知道鞭子出了事。

她急忙跑出来，只见白花花的水浪推着一群逃命的村人，大人叫，小孩哭，眼看全村人就要被淹死。柳眉急得团团转，就顺手捡起一个草垫子扔到水上，不承想，水顿时流得平缓了。她又顺势跳上草垫，稳稳地坐在上面。说来也怪，这草垫载着她竟逆流而上，一会儿就把她送到家里，送进厨房，盖在水瓮上面，压住了洪水，使乡亲们得救了。这一场大水下去后，就形成了一条小河，日夜长流。这就是现在悬瓮山下的难老泉。

柳眉呢？她仍端坐在水瓮上，安详地梳理着自己的秀发。可是，千呼万唤她已听不见，她已不能动了。

为了纪念这位好姑娘，明嘉靖四十二年（1563），人们在难老泉头建了一座水母楼，又称水晶宫。楼下有一尊柳眉的铜像，她坐在瓮形底座上，梳着头，仍是民间妇女打扮。楼上坐西向东有一神龛，中间的水母也是柳眉，不过已经不是民间妇女的模样，因为她已经成了神仙。

张 郎 塔

晋祠的难老泉里筑有一条"人"字形的石坝，坝上有十个碗粗的石洞，水从洞口流出，七股水朝东北流，三股水朝南流。在泉水中，有一座石塔，名叫分水塔，又叫张郎塔。关于这座石塔，还流传着一个故事。

晋朝时候，有一年天遭荒旱，地皮干得裂缝，小河没水大河干，只有难老泉流成的清水河仍然长年流水。

清水河南边地势很低，浇水非常方便。大财主朱二的祖先早就独霸了这条河，庄稼总是长得很旺盛。清水河北就不同了，地高水缺，遇到大旱，庄稼苗由青变黄，愁得百姓人心惶惶，到处求神祈雨，但老天好像有心和人作对，连个雨丝云片都没有。

清水河北面的花塔村有个青年叫张郎，生来粗眉大眼，挺有力气。他看见靠天没有指望，就提议开渠，把清水河引来浇地，村里人拿起铁锹镐头就开起渠来。不到几天工夫，一条大渠快和清水河挖通了。

挖渠的事被朱二知道了。他拍着桌子吼叫起来："好大胆子的穷小子，竟敢在太岁头上动土！我非给他们点儿颜色看看不可。"说罢，朱二骑上一匹黑马，领着一群家丁，提刀弄棒，来到了渠上。

大渠和清水河打通了，河水沿着渠道向北流，灌进了庄稼地里。农民们脸上浮起了笑容。正在这时，朱二骑着马来了。朱二见河已被挖通，气得七窍生烟，指着开渠的人们骂道："你们疯啦！敢抢我姓朱的水！赶快堵住，否则对你们不客气！"这一来，吓得大家都不敢动手了，只有张郎不理他，低着头一股劲地还在挖。朱二见这个小伙子挺硬，冷笑着对张郎说："喂！你叫什么名字？快给老子把口子堵死。"张郎心平气和地说："我叫张郎！我就不堵，这水是晋祠老百姓的水，怎么说是你家的。"朱二一听恼了，举起马鞭，劈头就向张郎打来，张郎受不了这口窝囊气，举起铁锹照准朱二的脑袋就劈。朱二一躲闪，“扑通”一声栽到河里，开渠的人个个拍手称快。家丁急忙跳进水里，拉的拉，扶的扶，七手八脚地把朱二拖到岸上。朱二浑身泥水，耷拉着脑袋，张着嘴，“哇哇”吐臭水。这一来，朱二气坏了，指着张郎大喊：“给我打！快把这个穷小子打死！”家丁们向张郎扑来，花塔村的农民们见势不好，也蜂拥而上。朱二见敌不过花塔村的人，急忙骑上马跑了。家丁们看见主人跑了，也撒腿跑了。

朱二吃了亏，逃回家里就写呈子。当时，太原知县名叫陈智伯，是个贪官，和朱二早有来往，这次朱二给他送了五百两银子。陈智伯见钱眼开，立刻发下火签，派衙役到花塔村拘捕张郎。衙役们来到花塔村，找了半天不见张郎，就绑了几个百姓去顶替。这时张郎正从地里回来，一见这情景，拍着胸脯大声说：“要抓张郎，我就是。”衙役们放走了那几个百姓，押着张郎到了衙门。陈知县上了公堂，拍着公案骂：“你这个刁民，敢领头开渠偷水，真是胆大包天，老爷限你三天把渠填平，并向朱老爷赔礼道歉。”张郎说：“大老爷，这水是晋祠百姓的水，就该由晋祠百姓用，现在天旱不下雨，你是百姓的父母官，难道就让百姓活活渴死吗?”陈知县把惊堂木一拍：“好一个刁民，敢和本县顶嘴，给我重打五十大板！”衙役把张郎按倒在地，高举大板，啪啪地打起来。张郎咬着牙关一声不哼。

花塔村一带的百姓，听说张郎被抓走了，便成群结队地冲上公堂。陈知县吓得面如土色，急忙喊："你们来干什么？快出去！快出去！"挤在公堂上的人们没有一个肯走。陈知县正在为难，朱二上前对着陈知县的耳朵说了几句话，陈知县点了点头，宣布退堂，明日再审。

第二天，陈知县下令在难老泉水中修起一条石坝，坝上凿了十个洞，水从洞口流过。并在水边架起一口油锅，下面生着大火。陈知县来到这里，摆设公堂重审此案。他笑着对百姓说："我把十个铜钱放到滚油锅里，你们捞起一个钱，我就分给你们一股水，捞起十个钱，水就全归你们，要是一个也捞不起来，水就全归朱二。"朱二站在陈知县身旁，用扇子拍着大肚皮，冷笑着说："瞧老爷断案多公道，捞吧！我姓朱的舍得这条河，不怕死的，有种的下去捞！"

油锅里的油开了。花塔村的人，你看看我，我看看你，一时拿不出主意。这时，张郎从人群里挤出来，二话不说就要往油锅里跳，人们把他拉住了。张郎对乡亲们说："我们穷人活在这年头，反正是个死，就是死也不能让朱二把水独占了！"说着，就跳进了油锅。周围的人看见张郎跳了油锅，都哭了。

滚滚的黄油翻着浪花，张郎身上冒出了一股股的黑烟。他忍疼弯下腰摸起了七个钱。朱二没想到张郎还能摸起钱来，他捂着鼻子走到油锅跟前，正想看个仔细，这时张郎突然伸出手来把他也拖进了油锅，两人都被炸死了。

陈知县生怕别人把他也扔进油锅，赶紧宣判：七股水分给花塔村；剩下三股分给朱二的子孙后代。判完，坐上轿子跑了。

花塔村分到了七股水，庄稼活了，可谁也没有忘记张郎。人们把他的遗骨埋到难老泉下，上面修了一座石塔。直到现在，晋祠人民当中还流传着张郎的故事。

双塔传说

传说古时候，在山西平遥一带，有个泥瓦工，名叫李福。他的手艺好，凡是经过他修建的楼台殿阁，人们没有一个不称赞的。他的名声很大，朝中的官员也请他去修建官府。不知道为什么，李福到了五十岁那年，突然跑到五台山，当了和尚，取法名佛灯。

明朝万历年间，皇帝要在太原府郝庄村修建两座塔。当时，在全国也找不到好匠人。后来，万历皇帝听说山西有个李福，就派使臣寻找。寻了两三个月，连李福的影子也没找到。一天，一个使臣走到五台山，天快黑时进了庙，想在庙里过夜，正好碰上李福。

李福虽然出了家，但没把手艺搁下，时常做一些模型摆弄摆弄。这时，李福正在桌子上塑一座泥塔，使臣一见问："和尚，这是什么东西？"

李福想藏，可来不及了，便说："这是一座小泥塔。"

使臣问："你当和尚，怎么学会这种手艺？"

李福回答说："出家人无事可做，手头玩玩，解解闷。"

使臣拿过泥塔一看，塑得挺好，连夜把李福押到京城。

第二天清早，万历皇帝一登殿，使臣跪在殿下喊道："臣罪该万死，没有找到李福，但找到了个比李福手艺还高的佛灯和尚。"

"混账！怎见得比李福手艺高？"

使臣双手捧着泥塔说："有泥塑的小塔为证。"

万历皇帝一看，不大的泥塔，上下共十三层，层层有佛像，个个佛像活灵活现，看完连声称赞说："神塔，神塔，快把佛灯和尚召进来。"

李福来到殿下，心中纳闷，连连叩头。万历皇帝问："你是佛灯和尚吗？"

"小僧是佛灯和尚。"

"这塔是你塑的吗?"

"是的。"

"那好,你照这个样子,在太原府修两座塔!"

"小僧没有那份手艺……"

"违朕意者斩!"万历皇帝"啪喳"一拍九龙桌案,退殿了。

第二天,朝廷派人抓了八百名工匠,命李福把他们带到太原府,修建双塔①。在官兵的监视下,经过一年多时间,双塔修到了十三层,李福和大伙儿挺高兴,再过几天就能交工了。这天清早,天空阴云密布,大风四起,雨下个不停。雨停后,李福和工匠们一看,两座塔从塔座到塔尖,裂开了缝,变成四个瓣儿,随时都有倒塌的危险。这天晚上,太原巡抚接到圣旨:万历皇帝明天清早,御驾亲临太原府,为双塔剪彩。巡抚立刻传令,让李福连夜修补好双塔,如不完工,立即处死。李福和工匠们一听,都吓呆了。

正在这时候,从山坡上走来一个担着挑子的壮汉,一边走,一边喊:"锔破锅,锔碎碗,锔大家伙咧!"在这紧要关头,人们都着急修塔的事,并没注意他,可他还担着挑子,破着嗓子大叫:"锔破锅,锔碎碗,锔大家伙咧!"

---

① 双塔:在太原市东南郊郝庄村南的双塔寺内,寺因有双塔故名。明万历年间(1573—1619)高僧佛灯奉旨造建。塔身全为砖结构,平面八角形,13级,高54米,檐下镂以斗拱,檐上饰有琉璃脊兽,绚丽壮观。

这人越叫，嗓音越高，搅得工匠们心里颇烦。这时，李福坐在塔底下，望着这人，觉得奇怪，走到跟前问："老弟，你能锔些什么东西？"

壮汉嘿嘿一笑，说："小的、大的都能锔。"

李福又问："什么小的大的？"

锔锅匠说："锅锅碗碗咱能锔！天破了窟窿也能锔。"

李福瞅瞅双塔："这也能锔吗？"

锔锅匠又嘿嘿一笑："小玩意儿，能锔，能锔！"李福半信半疑地说："大丈夫一言，驷马难追呀！"锔锅匠说："请你放心，咱不会说空话，今天晚上，把修塔的事交给我就是了。"

大伙一听这话，一个个回到房里。半夜时分，有些人不放心，偷偷地走出工房，想到双塔跟前看看，可是连塔影儿也看不清，只听见一阵铁器声，随着响声，冒出闪闪金星。第二天早晨，太阳刚刚出来，露出两座十三层的高塔，塔身一点毛病也没了。这时，锔锅匠不见了，一个匠人爬上塔顶，只见塔顶上有两把腰粗的大铜锔子，把破裂的塔身把得牢牢的，铜锔旁边的砖上刻着十个字："不为献皇帝，只为救弟兄"。

这时，李福和工匠们才明白过来，补修双塔的锔锅匠是鲁班爷爷。

双塔顶帽是怎么上的

明朝万历四十年，慈圣太后认为，唐朝李渊起兵太原，统一天下，是选了太原这个吉地。于是主动出资，要在太原修建寺庙，选派了当时的好匠人妙峰禅师——法号佛灯和尚，前往太原择地。

佛灯和尚来到太原，每天外出选择吉地。一天，他见太原城东南有瑞气祥云，就选准了郝庄村旁的地势。于是贴出榜文，招聘能工巧匠。

佛灯和尚经过精心构思，看了各种建塔的图形，绘出图纸，先建一座塔。几千名工匠，经过三年时间，建成塔身，还用铁铸成一个塔的顶帽，镀上铜，阳光一照放着光芒。顶帽有三丈多高，几千斤重，怎么上呢？这可把大伙给难住了，一连几个月，上不上去。

一天，工地围满了好多匠人，大伙正愁得没法子。这时，从庙外走进一位白胡须老人，手拄拐杖，说："我肚饥了，给些吃的吧。"老人要了半天，谁也没理他。佛灯和尚看见了，打发两个小和尚给老人找点饭吃，自己还想着上塔顶帽的事。

两个小和尚把白胡须老人领进厨房，问："老施主，您今年多大了？"

白胡须老人笑着说："嘉靖八年生，八十六岁了！"

"老施主，您要到哪里去？"

"上五台山找徒儿！"

"您的徒弟在五台山干啥？"

"修建寺庙！"

"您也懂得修建寺庙吗？"

"会些油漆彩画！"

"老施主，您看我们这座塔，三年才建成，剩下塔顶帽上不上，把我们都愁坏了。"

白胡须老人一抬头，朝塔顶看了看，笑着说："人说佛灯绝顶聪明，悟出道理，何须点明。"

小和尚说："老施主，您教给个上塔顶帽的办法吧！"

白胡须老人一面笑着，一面用手比画着说："你看我这把年纪，土都埋到脖子上的人了，还有啥法子，还是佛灯有法子。"停了会儿，老人又说："你俩快去请佛灯来，别让他钻牛角尖了，他来我说给他。"

两个小和尚一听，高兴得都要蹦起来了，忙跑到塔院告诉佛灯和尚。他们三人赶到厨房，只见盘碗剩汤在，白胡须老人不见了。三人前院后院寻遍了，连老人的影子也没有。

佛灯和尚仔细盘问了小和尚，坐在那里细想老人说过的话，"悟出道理，何须点明"、"土埋到脖子上的人了"。想着，想着，佛灯和尚说："噢！有办法了！"赶紧跑回塔院，和大伙儿用土埋到塔脖子，把塔顶帽上上，再把土挖掉，露出塔身。

这座塔修成后，慈圣太后曾封有"宣文"的尊号，因此塔名为宣文双塔。为让明代帝王永享帝位，当时把寺院定名为永祚寺。

莺莺塔为啥有蛙叫声

永济县的普救寺①里，有座莺莺塔。人们来到塔下敲

① 普救寺：在永济县西北12公里土岗上。南邻古蒲州城址，东连西厢村，西临黄河湾，东近中条山。始建于唐武则天时期，原名西永清院，分中东后三路寺院，有三大士洞、天王殿、舍利塔等。塔因《西厢记》故事流传，后人怀念莺莺，特更名莺莺塔。

击，就会从塔中发出“嘎哇，嘎哇”的叫声。人们都说这声音是金蛤蟆的叫声。说起莺莺塔的蛙叫声，还有一段故事。

唐代，是我国佛教盛行的时期。相传，当时有个建塔师傅，名叫智高。门下有好多徒弟，他们中间有一个手艺很高的，叫胜强。这人手艺虽好，可争强好胜，连师傅也不放在眼里。有一次，他在师兄师弟面前夸口说：“咱师傅那两下子，谁不知道，有机会，我要和他比试比试。”师兄师弟听了觉得他太过分了。事后，有一个弟子把这话告诉了师傅，师傅叹息着说：“胜强啊胜强，你不好好学手艺，才在众人面前下我的成色。”事过不久，师傅智高奉大禅主指令，在蒲州①府建造两座塔，按期完工受奖，完不成受罚。

接到指令后，智高心想：“工程大，时间短，我一人怎能承担得了？这时他想到徒弟胜强。分开来做，各干各的，完工后，找些他的毛病，教训他一顿，挽回我在徒弟们面前的面子。”想完，就吩咐弟子，各干其事。

师傅来到蒲州老城东五里的土岗上，这儿西邻黄河，南望中条山，是个好地方。塔址选好后，就动工了。塔的里里外外，都经过他精心设计，没一点马虎。经过十几年，一座十三层高的四棱锥形塔矗起来了，取名叫舍利塔。弟子胜强得了师傅指令，高兴地连连说：“时来运转，只盼的‘擂台比武’，等我夺了‘状元’再回朝！”他一

---

① 蒲州：旧府名，府治在今永济县西。

口气跑到蒲州老城东南十里的中条山半山腰上，站在那里，望着滚滚的黄河水，心里乐开了花。选好塔址，不久也开工了。胜强决心从外形装饰上下工夫，挖空心思想压倒师傅。十年后，和师傅一齐完工。这座塔是六棱锥形十三层塔，取名多宝佛塔。

这两座塔完工后，前来观看的人们赞不绝口，师徒二人却互相挑着毛病。在一阵赞美声中，胜强得意扬扬，夸自己造的塔说："蒲州有个万固寺，离天只有八九尺。"师傅应道："蒲州有个普救寺，把天磨得咯吱吱。"话音刚落，胜强面带怒色说："多宝佛塔六面体，站在高处看舍利。"接着，师傅又回了一句："舍利塔有金蛤蟆，手击妙处叫呱呱。"胜强听了，张口结舌，一句话也说不上来。师傅训教了他一顿，然后语重心长地说："多宝佛塔从外形看挺美观，从里看没有特别的地方；舍利塔正好相反，在外形上没有奇巧的地方，从里看则很有巧妙的地方。师傅一面说着，一面拿块石头，轻轻对着塔座的石板敲了几下，塔中发出"嘎哇，嘎哇"的蛙叫声，又说："我把这种声音称金蛤蟆的叫声。"胜强听了，满脸通红，低着头。接着，师傅说出了金蛤蟆叫声的缘由。原来，他在建塔前选地形时，发现离塔址不远的南面有一条八九丈深的沟，当他站在高处说话时有回音，心想：把塔建在这里，敲打塔前地面，也应该会发出回音，塔建成后一试验，果然是这样。

后来，舍利塔改名莺莺塔。到现在，莺莺塔上金蛤蟆的叫声仍然很吸引人，而对面那座多宝佛塔就显得逊色多了。

普救寺门前两兄弟

永济县普救寺的石门两边，一边竖着一个铁人，有人说他俩是把门的。这话不对，你听我说说他俩的来由。

相传这两个铁人原是兄弟俩，老大叫沈忠仁，官拜八府巡按；老二叫沈忠义，身为兵部尚书。有一天，兄弟俩为争家业翻了脸。官司打到蒲州府。你想想，这打官司的一个是八府巡按，一个是兵部尚书，那知府能不作难吗？好在这蒲州知府断案还有几招儿，他先劝沈家兄弟回府，说是明天再审理，然后捏着把汗退了堂。

这天夜里，知府大人在他老婆跟前讨得妙计，心里总算有了底儿。第二天，沈家兄弟上了堂，只见堂前贴张大白纸，上书："兄弟本是一母生，为争家业闹得凶；仁不仁义不义，当初何必做兄弟！"二人看罢，羞得没脸见人，急忙退下堂来，双双撞死在堂口的墙上。

后来，普救寺的老和尚为教育民间的兄弟友好相处，就把他俩的尸首搬到寺门前让人观看。再往后，老和尚又找匠人按他俩的模样铸成两个铁人立于石门两边。这就是今天普救寺门前的两个铁人的来历。

永乐宫的由来

南宋末年，忽必烈带兵攻占中原。因长时间征战，人力物力耗费很大，兵马迟迟不前。忽必烈愁眉紧锁，没有办法，他十分想求得一个高明的军师为他献出良策。

一天，忽必烈回到军营，一位老道要进见，他想了想，就让老道进了帐，老道说："大帅呀，大帅！贫道有一良策，不知怎样？"忽必烈一听要献策，心里很高兴，不由笑着问："有什么良策，快快讲来！"道人说："要占中原也不难，一切听我的。"忽必烈说："只要能保证本王统一中原，就听你的！"道人说："要统一中原，大帅所到的地方，要发安民告示，一不杀人，二不放火，三不抢东西，顺了民意，就能打胜仗。"说完，又讲了他军事上的计划。忽必烈说："我封你为军师，不知你姓甚名谁，愿不愿意为本王出力？"道人拱拱手说："我名丘处机，山东莱阳人。大帅不嫌我无才，愿为大帅效劳。"忽必烈听了，急忙起身让座，说："哎哟，原来你是全真教创立人王重阳的大弟子呀！"说完，摆上酒席，宴请丘处机。第二天，忽必烈按丘处机的安排起兵，边行军，边安民，节节胜利。当攻占永乐镇时，丘处机从轿里向外一看，永乐镇一带山清水秀，又听说这里是吕洞宾的故里，西面又是大舜耕田的历山，就想退出戎马生涯，在永乐镇安家居住。于是说："大帅，我老了，骑马打仗怕是不行了，让我在永乐镇度过晚年吧！"忽必烈一听，双眉紧皱在一起，心想：答应吧，怕再遇到大事，无人献策；不答应吧，怕把恩人累坏。他左掂量，右盘算，还是把丘处机安顿了下来。

忽必烈安顿了丘处机，仍按恩人的安排打仗，不久就统一了中原，在燕京登基，建立了元朝。登基时，举行大典，宴请功臣，犒赏良将，凡征战中立过功的人，都有一份。一天，忽必烈同大臣们议事，猛然想起留在永乐镇的丘处机，就下了御旨，派钦差大臣接丘处机进京。当钦差大臣赶到永乐镇，丘处机已不在人世了，钦差大臣只好进京交旨。忽必烈听到禀报，很悲痛，又传御旨，派道教提点潘德冲在永乐镇兴建宫殿，纪念为元朝立下汗马功劳的道教信徒丘处机，经过近百年的修建，才落成这座永乐宫①。

① 永乐宫：原名大纯阳万寿宫。在芮城县城北3公里龙泉村东，为道教八仙之一吕洞宾诞生地，蒙古太宗三年毁于大火，道教提点潘德冲主持营建，宫内有龙虎殿、三清殿等。元代壁画为我国绘画史上的杰作。

仙　桥

灵空山寺院东南，是好几百丈高的舍身崖。舍身崖与南山东峰相对，中间是一条看不见底的深沟。这沟底下很宽，越往上越窄，到十来丈高的地方，两崖相隔不到四尺，一块天然条石，恰好搭在半空，把两山连在一起，成为灵空十景之一的仙桥。

相传，五龙王的母亲和一个老和尚，每天日出就来，月升才回。他们在山上游玩，更多的时间是下棋。一年一年过去了，龙母的五个儿子长大了，觉得母亲和一个和尚在一起很不体面，就劝说母亲，母亲哪能听进这些话，不但不听劝说，反而和老和尚来往更多了。五个儿子气得发了火，想把母亲和老和尚用水淹死。弟兄五个把五龙川、第一川、猫尾川、韩洪川、水同川五条大河的水一齐赶来，水浪滚滚，溢上山崖，向龙母和老和尚扑来。这时龙母冷得浑身打颤，抬头一看，才知大水要淹过来了。她不慌不忙地掏出手帕，向水里轻轻一蘸，在脸上抹了一把，依然下棋。她这轻轻一蘸，把沟里的大水蘸得一点儿也没有了。五个儿子肺都气炸了，干脆一不做二不休，想把龙母和老和尚活埋在山里。于是，他们用上了平生力气猛推南北两山使之向中间合。突然山崩地裂，龙母觉得一阵头晕眼黑，一阵比一阵气短，抬头看时，才知两山向他们合来，天空只剩下一点点了。这时，龙母左手捏着棋子，右手把头上的金簪拔下，向沟里一扔，簪的两端正好各抵一山。五个儿子再也推不动了，急得你看着我，我看着你。小儿子五龙王想拔掉簪子，纵身扑过去，被金簪划了个身断肉飞。他的四位兄长见了，万般无奈，只好忍气而逃。龙母为了防止有人偷簪，又长长地吹了一口仙气，把金簪化为天然条石，变成了横跨两山之间的仙桥。

峦桥与一佛二菩萨

灵空山圣寿寺西南有座峦桥。桥的底梁用直径二尺多、长五丈多的十四根圆松铺垫了三层；又用半尺厚、丈二长的榆木板做桥板；桥板两边立着十二根大柱，顶着桥亭。桥亭的脊上雕塑了一组唐僧取经的人物塑像，桥面距河底有几十丈深。当人们行走在桥上时，低头观看，透过团团云雾，可见清清河水流动；抬头观望，桥亭上的塑像栩栩如生。真如到了一处仙境。

当时修造这座桥时，都是从全国各地请来的能工巧匠。可是做好桥的底梁时，没有人能把做好的桥梁架在两崖之端的桥墩上，只好停工。一天傍晚，一个老头儿领着一个小孩儿路过这里，要借宿一夜。工匠们问他俩从哪里来，老头儿说："少一半的鱼王村。"人们无心与他们多说，叫徒工忠忠端茶送饭。老头儿见他们一个个垂头丧气，饭菜不进，问："为何事发愁?"掌墨师道："告知你顶啥用?"老头总想问个明白，但无人理他，最后还是忠忠偷偷告诉了他。第二天天还没亮，老头儿领着小孩走时，要忠忠领他到桥头看看。忠忠领他到了桥头，老头支使那小孩在一根大梁一端刨了个坑，在另一端拴了四根大绳。绳子搭过东西南北四株大树的分枝处，又拖往地面。老头叫过忠忠，边比画边吩咐，吩咐完就走了。忠忠一送再送，送至南山，跪在道上下拜："师傅保重!"老头扶起他后，从肩上褡裢里掏出角尺，送给忠忠。

忠忠送走老头，返回来对众师傅说："架梁的法子有了!"说罢就往桥头跑。掌墨师走到桥头，只见忠忠挥手指画，人们拉着四根绳子。霎时，一支圆梁便端端正正地竖了起来。随着忠忠的手势，北面拉绳人轻轻放手，长梁徐徐向南倾斜，终于一头枕在了南崖桥头上。人们个个眉开眼笑，顿时你喊我叫地涌向忠忠。掌墨师怪自己连这么个办法都想不到，也随着人流走过去。忠忠把那老头儿的话说了一遍，并拿出角尺让大家看。掌墨师看着尺上刻的两个字，不禁地念出“鲁班”！人们这才想起了“少一半的鱼王村”，“鱼王”各再加半个字不正是鲁班吗？忠忠也怪自己接过角尺时没细看。于是，在忠忠的带领下，大家就去追赶鲁班师傅，追到南山时看见那里长出三株小松树。这三株松树见风就长，不久长成三株又粗又高的大松树。奇怪的是这三株松树的根拧在一起，中间一株略为低点，却很粗壮，两边两株比中间那株高出一丈多，人们就叫它“一佛二菩萨”。

荆州城

荆州城①又叫“芦席城”。传说三国时候，关公守荆

① 荆州城：始建年代不详。秦灭楚后，一直是历代封王置府的重镇。今存砖城为明、清建筑。

州，他看荆州城又矮又小，就想再筑一座新城。哪晓得，九仙女看上了这地方，也要在这里筑一座城。关公不肯让地盘，又怕得罪九仙女，就对她说："我们俩打个赌，你在东边筑，我在西边筑，天黑开始，鸡子叫为止，哪个先筑起，城就归哪个。"关公心想：你一个女子家，比得过我？九仙女心想：你一个凡人，哪是我的对手？两人就把事情定下来了。

天刚刹黑，双方一齐动手。九仙女施展法力，一衣兜土就筑起了一个城垛，不到二更，就筑起了大半边城墙。关公这边，挑的挑，抬的抬，搞得黑汗水流，还是比不赢九仙女。关公一急，就想了一个法子。原来，荆州城外产芦苇，家家户户都打芦席。关公叫老百姓把芦席全都弄来，只半个时辰，就夹起了一座芦席城，隔远看，和真的一样。这时，鸡子还没叫，关公吩咐老百姓各自回屋里，拍打簸箕，假装鸡子扑翅①。九仙女一听，以为鸡子叫了，看到关公的城已筑起，自己的城还差一个缺口，只好认输，倒下衣兜里的土就走了。后来人们就把这堆土叫"九女冢"②。

九仙女往北走了几十里，来到石桥河，刚过桥就听一声鸡子叫，才晓得上了关公的当，一连说出三个"悔"字。后人就把这座桥叫"失悔桥"。

张飞听说关公和九仙女打赌筑城，就借了一担大箩

---

① 扑翅：公鸡在叫之前，拍打翅膀，称"扑翅"。
② 九女冢：位于荆州城北2公里，实为楚庄王夫人楚姬的墓冢。

筐，连夜从公安赶回荆州，给二哥帮忙。离城老远，他就装了满满实实一担土，一手提一筐，飞快赶到东门。一看关公比赢了，张飞才落了心，双手一拍，两筐土全倒在了地上。这就是“张飞一担土”①。

---

① 张飞一担土：又名画扇峰、画诗洞，位于荆州城东门外，峰高6米，长14米，呈扇形，现已不存。

十堰的来历

“十堰”这个名称是怎么来的呢？这里有一段传说。

相传，明朝崇祯年间，郧县南乡有个斩马沟，住有一个熊阁老。他卸职后，退居故里，横行霸道，欺压百姓，指山为界，强占“九岗十八凹，一百单八岔”的地盘。

熊阁老的大儿子熊歪嘴，也是个吃喝嫖赌、作恶多端的人。一天，他骑了一匹马，带着几个家丁，到张家庄游逛，看到陈铁匠的姑娘长得很漂亮，就想娶她做小老婆。他闯进铁匠铺对陈铁匠说："家父从朝廷归来，年迈体衰，身边缺少个端茶递水的使唤丫头。听说你家闺女聪明伶俐，手脚也挺勤快，明天是腊月二十三，我派两个家丁，接你闺女到我熊家过个小年。"叫家丁丢下几两银子，骑上马就走了。

陈铁匠看这事躲不过，就对姑娘说了。又连夜打开铁炉，添上木炭，打了一把利刀交给姑娘作护身武器。

第二天一早，熊歪嘴派来的家丁闯进铺子里来，把姑娘带走了。姑娘进了熊家，成天挑水、洗衣、磨面、打柴，忙个不停，夜里还得服侍熊阁老。这老家伙真难伺候，稍不称心，不是打，就是骂。有时还把碎碗片撒在地上，逼着姑娘跪在床前。

正月十五元宵节这天，一大早，熊歪嘴就叫管家准备衣物，布置洞房蜡烛，并告诉陈家姑娘，天黑了拜堂。姑娘一听，气得不得了。

转眼间天黑了，熊歪嘴嬉皮笑脸闯进姑娘的房间，动手动脚。姑娘趁他不备，拔出刀朝他胸上猛刺下去。熊歪嘴叫了一声，死了。姑娘急忙转身从窗口跳出，往后山的花栎树葩[1]跑去。

拜堂时辰到了，熊阁老唤家丁接姑娘出来拜堂。家丁

---

① 花栎树葩：花栎树林。

来到屋里一看，吓得大叫："不好了，少爷死了，姑娘跑了！"熊阁老和管家赶忙带着家丁们提着灯笼、拿着大刀朝后山追去。

陈家姑娘越过花栎树葩，朝百二河方向飞跑，一口气跑到张家庄背后的山顶上。一看，眼前是千丈悬崖，底下是百二河水，前无去路，后面熊家家丁又追上来了。姑娘咬了咬牙，纵身跳下了悬崖。

乡亲们顺着百二河去寻陈家姑娘的尸体。找了三天三夜都没有找到，于是在百二河和犟河上拦河筑堰，阻挡陈家姑娘的尸体流往外乡。他们在百二河筑了六个堰，犟河上筑了四个堰，共十个堰，所以，这地方就叫十堰。

纪南城

纪南城①，原先叫“挤烂城”。传说有一年，楚庄王有

① 纪南城：又称纪郢，位于江陵城北5公里，春秋战国时，楚国在此建都，历时400余年，为当时我国南方最繁华的都市，现为全国重点文物保护单位，土筑城墙尚存。全城面积16平方公里，城内古迹遗址众多，城外七大墓区，分布着大小楚墓千余座，现已出土大量珍贵文物。

个儿子要娶亲。娶亲前，庄王吩咐娶亲用的所有东西都要是新的，要以新迎新。

赶早，娶亲的轿子就上了路，直到太阳落山才回来。几里路，怎么走了一天呢？庄王一看，花轿的轿衣是烂的，轿夫的衣服是烂的，有的轿夫还打着赤脚。

庄王指着花轿向轿夫问："怎么烂成这个样子？"

轿夫们说："街上人多，挤烂的！"

庄王又问："那你们的衣服又怎讲呢？"

轿夫们回答："也是挤烂的！"

庄王又指着一个轿夫问："为什么打赤脚？"

轿夫说："鞋袜也是给挤掉的。"

庄王这才松了口气，高兴地说："好哇！楚国的纪南城，哪个比得上，真是一座人山人海的'挤烂城'啊！"

刘一儒和锁堂街

现在宜昌市的尔雅街，原来叫“锁堂街”。为什么叫“锁堂街”呢？这里有个有趣的传说。

明朝嘉靖皇帝在位时，夷陵出了个文士叫刘一儒。他十年寒窗，一举成名，到京城当了官，最后升为刑部侍郎。当朝宰相张居正，把心爱的女儿许给了他的长子刘戡之。他们成亲那天，嫁妆把一条街都摆满了，看热闹的人摩肩接踵。可刘侍郎却紧皱双眉，踱来踱去。突然，他大声吩咐道：“把这些东西统统搬到堂屋里，锁起门来，谁也不许动用!”

看到刘侍郎这般不讲情理，人们纷纷责怪。

过了几年，张宰相死了，皇帝还抄没了他的家产，贬斥了他的亲朋故旧。可刘一儒因为曾写信规劝过张居正，锁起了张家送的财物，显示出清廉和耿介，所以不仅没遭贬谪，反而被升为南京工部尚书。

刘一儒住过的那条街，就叫做“锁堂街”。

女儿寨

咸丰县有座山，三面都是刀劈的悬崖，只有一面有条羊肠小路通到山顶。从前，山顶上有个寨子，还住过一群土家族妇女呢！

那是明朝时候，唐崖司[①]有个土王，他对百姓好，百姓对他也好。明朝皇帝生怕他们上下拧成一股绳，再难摆布，就到处无事生非、扯谎造谣，说土家人要谋反。他派了好多的人马来讨伐，想把土家人斩尽杀绝，去掉他的一块心病。

土王正在害病，得到这个消息，连气带病，没过几天就断了气。王印就由王后覃氏夫人掌管。

覃氏夫人悄悄埋了土王，不露半点风声。接着，她让几个儿子也像将士们一样，枪对枪、刀对刀地操练拼杀。将士们见她这样做，都很感动，打起仗来一个顶十个。后来官兵越来越多，覃氏夫人晓得战不过，就派人暗暗到百里外的一座悬崖上修了一个寨子，还运去了许多粮草。一天夜里，她趁敌人防守不紧，带上全部人马，撤到了新修的寨子里。

第二天早上，官兵发觉是座空城，又气又恼。他们四方放出探子找，找了好久才找到了覃氏夫人的下落。

官兵赶到悬崖下，见那条独路守得紧，攻不上去，就做了些大木炮，灌上铁砂子轰。木炮火力不足，轰不到山顶，只把半山腰轰出一个缺口，后人叫那里为“炮缺”。铁砂子落到前面的山岭上，后人叫那里为“砂子岭”。

官兵见硬的不行，就来软的。他们在对面山上喊话，要双方的首领到中间的马家沟讲和。覃氏夫人晓得这是敌

---

① 唐崖司：元末明初鄂西著名十八土司之一。距今鄂西土家族苗族自治州咸丰县城三十余公里的尖山区境内的王城遗址，至今保存较完好。

人玩的花板眼[1]，就说："要讲和就只动嘴，不动刀枪。双方首领都不带一兵一卒。"

官兵满口答应，真的只有一个人向马家沟走来。覃氏也不带一个随从，直朝马家沟走去。双方越走越近，可以讲话了。那家伙就是不开口，只是不断往后看。覃氏正要问话，只听得山雀儿一阵惊叫，对面的树林里杀出一队队官兵。覃氏早有防备，"嗖"的一箭，把敌将喉咙射穿，敌将倒地死了。官兵无将指挥，乱成一团。覃氏趁机回到了山上，一根毫毛都没伤着。

皇帝又派了一个将领带了人马来助战，日日夜夜攻打，还是攻不上去。眼看寨里粮草就要用完，外面又没有救兵，覃氏心里急得像油煎火熬。她对大家说："要是死守在寨里，只有饿死，土家人就要绝子灭孙。活路只有一条，大家舍命杀下山去，跑出一个算一个，总不会死完。"接着，她又令所有青年男女，只要平时有意，眼下也觉得合心，今晚就成亲。军令如山，大家只得依从。

到了天要亮的时候，覃氏喊醒那些新郎新娘，对他们说："所有的男人由田将军带领，从前面的小路杀下去；妇女由我带领，自有脱身的办法。记住，杀出去后，我们在四川的石柱县会合。"

覃氏打开寨门，那些将士忽地冲了出去，与官兵杀成一团。他们为了和亲人团聚，个个都不怕死，终于杀出一条血路逃走了。

---

① 花板眼：花招、诡计。

就在山下杀得不可开交的时候，覃氏让妇女们各自拿着一把花伞，从寨墙上跳下悬崖，随风飘到了山脚下的草坪上。覃氏又带着她们赶到四川的石柱县，和那些杀出重围的将士们团圆了。据说，那里现在还有他们的后人。

后来，人们把那山上的寨子叫做“女儿寨”。相传，现在逢到夜深人静以后，有时还会隐隐约约看到她们在撑伞跳崖呢！

太晖观

荆州城西门外，有一座古观，叫太晖观。老辈人称这为“赛武当”、“小金顶”，远近蛮有名。太晖观与别的庙宇道观不同，修得像座皇宫。怎么造成这个样子呢？

传说，朱洪武的第十二个儿子，被封在荆州为湘王。

这湘王不想做官，一心想修行学道，天天出门拜师，一走就是几个月。有一回，湘王又出了门，好长时间没有回来。朱洪武晓得后，非常恼火，派五百御林军去找他。湘王看到御林军，拔出宝剑一指，地上就变成一条河，把五百御林军全都淹死了。事后，湘王心里后悔，就想造一座庙，永远修行。

庙造在哪里好呢？湘王选了几个地方，都没看中。这天，他来到荆州城西门外，看这地方很好，就拔起一棵枯树，往地上一栽，说："枯树长，造庙堂；枯树活，就下脚。"话落地，枯树一下变得青枝绿叶。湘王就选中了这地方。

庙造个什么样式呢？造庙师傅心想：湘王是个千岁，他在这里修行，不比一般的和尚道士，庙也不能比一般的庙宇，不如把庙造成皇宫模样，这才不失湘王的体面。

庙按皇宫模样造好后，湘王又吩咐造庙师傅，在金殿的后壁和左右两壁雕上五百个御林军的石像。哪晓得，正要打围墙，有人向皇上告了密，说湘王想谋反，在荆州城外造了座金銮宝殿。皇上一听，这还了得！就发来十万大军，捉拿湘王。湘王大惊，就要造庙师傅连夜将庙的样式改过来。造庙师傅忙了一夜，改了左殿改右殿，改了前殿改后殿，左改右改，那座金殿怎么也改不过来。湘王晓得出了拐[1]，就一个人跑到对面的鸡窝山上，躲进一座小庙里。庙里有一缸点神灯用的香油，湘王把油洒到茅草上，

---

① 出了拐：出了毛病，出了问题。

心一横，自焚而死。

湘王死后，皇上才晓得他并无反心，造庙也是为黎民百姓，可算得光照日月，就给大庙取名为“太晖观”。还遂湘王的心愿，把他的尸身埋在金殿的西南方，造了一座“湘王墓”，让湘王日日夜夜伴守着太晖观。

附　记

太晖观为江陵最大道观，建于明代。关于太晖观的兴建，民间还有一说：“湘王被封荆州后，确实想自立为王，造太晖观实为造皇宫。后被朝廷发觉，自焚而死，葬于金殿西南方200米处，名“湘王墓”，至今尚存。

八公庙

襄阳城外有座八公山，山上有座八公庙，庙里供的是个小寡妇。

相传，从前有个大员外，一生交了好运气，积了万贯家产。没想到晚年走麦城，从六十岁起，老伴、儿子、媳妇、孙子接二连三地死去，只剩下自己跟一个孙媳妇。这个孙媳妇年纪轻轻，为人贤惠。为了侍候年迈的爷爷，决计不改嫁。人们背地里叫她“小寡妇”。

小寡妇的一片好意，反招来一些麻烦。有一次，她从厢房门前过，听到一阵絮絮叨叨的说话声，一听，原来是家族间的一些人在说是道非。有的说：“这小寡妇赖着不走，是存心霸占老爷的家产！”有的说：“那可不行！等老爷百年归山以后，老子们给她来个颈脖齐[①]，再把家产分光。千万莫落到她这个外姓人手里。”小寡妇吓了一身冷汗，回房后想，趁老爷在世，我得赶紧想个万全之计。左想右想，想到给六十多岁的爷爷续个后房——给自己接个奶奶，过两年爷爷死了，有个奶奶镇朝，别人也不敢咋样。

拿定了主意，小寡妇去找媒婆王妈打听，看有没有愿意填房的老姑娘。王妈想了想：“别的没有听说，只晓得你们老爷有个佃户姓张，他有个姑娘，只因家穷人又丑，二十八九了还没找到婆家。不晓得你给哪位公子提亲？”

小寡妇说：“不为哪家公子，是想给我家老爷爷续个后房。”

王妈一听，脑壳摇得像拨浪鼓，说这门亲事不好提。任凭小寡妇出多少钱，她都不干。小寡妇没办法，脸一抹，壮壮胆子，干脆自己上张家提亲——孙媳妇给爷爷做媒，世上哪儿见过这等事！也是前世的姻缘，小寡妇一番

① 颈脖齐：割脖子、杀头。

言语，还真打动了张佃户的心。

小寡妇跟张家过了礼，定了日子，才告知老员外。老员外心想，既然事已至此，又是为自己，一番好意，也就没推辞。挑了个良辰吉日，粗一班细一班①，把张家姑娘娶了过来。

俗话说："秋葫芦晚瓜，一窝俩仨。"张家姑娘到了老员外家，一连生了四胎双生儿，得了八个儿子！小寡妇添了八个叔公公，心也宽了，胆子也壮了，每日帮着小奶奶给叔公们把屎把尿，喂奶喂饭。叔公们稍一懂事，她又请来有学问的先生，硬是把八个叔公教得知书懂礼，满腹文才。

转眼二三十年过去了，八个叔公不是做了府台、道台，就是中了状元、举人。这时老员外已近百岁，他见八个儿子都有了本事，自然想起孙媳妇的恩情。

一天，老员外把八个儿子都叫回来，吩咐他们修一座大墓，盖一座大庙。儿子们都有孝心，银钱大把大把地拿，工匠大批大批地请，没多久，墓修好了，庙也盖好了。完工这天，老员外叫孙媳妇一同前来过目。

儿子们齐声问老员外，庙盖得咋样？

老员外点点头说："盖得好是好，可惜我不配住。"

儿子们莫名其妙地问，你老人家百年仙寿，儿孙满堂，你不配住，谁还配呢？

老员外说："只有我这孙媳妇，你们的侄媳妇，她配

---

① 粗一班细一班：形容娶亲时文、武乐队的热闹场面。

住。没有她就没有你们!”

八个儿子记住老员外的话。后来小寡妇死了，就把她埋到大墓里，供在大庙里。

因为这庙是小寡妇的八个叔公修的，人们就叫它“八公庙”。有了八公庙，盖庙的那座山就叫“八公山”了。

荆州城的关庙

传说，雍正皇帝的娘娘快落月①时，梦见京城上空一片紫云，西边天上一条黄龙飞来，穿过紫云落到城外；又

① 落月：即生小孩。

见一只五彩凤凰从东边天上飞来，穿过紫云落到城里。娘娘醒来，肚子就疼，一会儿，生下个女孩儿。娘娘想，梦中黄龙，该是太子，怎会生个女孩儿？就派太监去查，看谁家刚生男孩儿。这太监一访，访到个与娘娘的女孩儿同时出生的男孩儿，不管三七二十一，把男孩儿调换过来。这就是后来的乾隆皇帝。

乾隆长大后，不晓得自己的身世。有一天，他在花园里玩，听到两个太监在背地里说娘娘以凤换龙的事，才晓得自己不是娘娘的亲生儿子，好伤心，就哭了起来。哭着哭着，睡着了。朦胧中，忽听有人喊了声："大哥，不哭了，这皇位日后还是你的！"乾隆一看，说话的是个红脸汉子，凤眼蚕眉，威风凛凛，肩头靠着一把青龙偃月刀，就问："你是何人，为什么称我为大哥？"那人说："小弟云长，听说大哥转世，特来问安。"乾隆这才明白，自己原来是刘备投胎。他忙问："二弟今在何处"？关羽说："小弟还在荆州。"乾隆听了大喜，说："待愚兄登基后，一定加修庙宇，重塑二弟金身，让你永远镇守荆州。"

乾隆登基后，果然大修关庙，尤其是荆州的关庙修得又多又好。

附　记

另有一种传说：乾隆在金殿上，听到空中有马蹄声响，问："你是何人？"回答："二弟云长。"又问："三弟现在何处？"答："镇守辽阳。"乾隆派钦差大臣去辽阳找老三。那里的守将不知道自己是张飞转世，竟误以为大祸临头，吓死了。

三座庵与椿树垭

三座庵和椿树垭是神农架的北大门，在房县很出名。有一年，这地方来了一位阔小姐。她家有千斗种①，百升

① 千斗种：以撒种多少计算土地面积，撒种一斤，即称一斗田，约为半亩。

金，千锭银。她一心要嫁一个和自己家产同样多的豪门富户，只因人丑，总嫁不出去。一年拖两年，两年拖三年，一下子拖到了三十出头，还没找到称心的人家。心一横，她就当尼姑了。

这小姐想要找一处不受人打扰的清净地方出家。她走了几个月，来到了神农架边上的房陵州①。在神农皇帝修仙尝药、得道升天的地方，盖了一座木架庵堂，开始修道。

山里人都很穷，见来了个富尼姑，想，一定是行善积德的人，有难处时就去找尼姑帮忙。谁知这尼姑一毛不拔。

有一年冬天，天下着大雪。山林中爬出一个白发婆子，她又冻又饿，爬到庵门上，向尼姑要点吃的，讨个火烤。尼姑见老婆子又脏又病，把山门一闭，理也不理。天快黑了，尼姑怕这老婆子冻死在山门前，没人帮她拖尸体，就想端一盆尿泼出门，逼老婆子走开。

尼姑端了半盆尿开了山门，尿水还没泼出，只见老婆子一滚身，变成了一只貔兽，一口把尼姑吞下了肚子。

老婆婆就是为神农皇帝把守北大门的貔貅将军变的。貔貅将军吃了尼姑，放出一个怪屁来，屁中带烟，烟中带火，把这座木庵堂给烧了。

过了些天，又来了第二个修道尼姑。这个尼姑比第一个心善，常把一些破旧衣物送给穷人。这尼姑想与世俗隔

① 房陵州：即今房县。

远些，离神农更近些，把新庵又向上向林子深处盖了一程。

两年过去了，尼姑啥事也没有出。到第三个年头时，山外来了一个挖药的人，背着个破背篓，说要在仙姑庙搭个早火，弄点吃的。尼姑满口应承，施了饭菜。这挖药人不小心，临走时把背篓一抖，藏在背篓里的一块金砣子溜在地上。尼姑见了金子，眼睛一亮，把金子拾起，揣进怀里，关了山门。

尼姑进了房屋①，拿出金砣子左看看，右看看，看到金砣子上金光一闪，长出一个金头，金头上又长出一对眼睛。眼睛骨碌一转，从眼眶子中掉出来，滚到了地上，变成了两砣小金子。这下尼姑更高兴了，这不是一块金母子吗！话没说出口，只见大金砣子头一摇，变成了一只金毛大老虎。两块小金砣子也变成了两只小金老虎。大虎一声吼，小虎随声应，张开三张嘴，大虎咬住尼姑头，小虎撕着尼姑脚，"嚓"的一声，尼姑变成了三块血糊糊的人肉，填了虎肚子。

这金子原来是为神农皇帝把守北大门的锦毛虎变的。

又过了些日子，山外又进来个修道的尼姑，人们就叫她"三仙姑"。三仙姑把庵堂建得更高了，一下修到进神农架的头道垭子上。她一是诚心，二是不爱财，一身清静，人们都说三仙姑一定能修成神仙。这天，从山外来个标致的少年公子哥儿。这三仙姑见他眉清目秀，一下就动

---

① 房屋：即卧室。

了凡心。晚上，等她把这公子抱在床上时，这公子一下变成了一棵大椿树。原来公子哥是香椿树精变的。三仙姑被椿树压下，永远也没有翻过身来。从那以后，三个尼姑盖的庙叫“三座庵”，头道垭就叫“椿树垭”了。

据说，缺德、爱财、好色的人想进神农宝地，过得了三座庵，也越不过椿树垭。所以，神农架这块宝地从来没有人敢侵犯。

石榴花塔

石榴花塔至今完好地保存在汉阳公园内，这座塔有个来历。

相传南宋初年，汉阳城里有户姓王的大户人家，一家五口，其中三口死在洪水中，只剩下婆媳二人守着一点遗产，相依为命，勤俭过日子。

洪水过后，又发了瘟疫，婆婆得了病，媳妇徐氏四处求医，整日整夜守在床前喂汤喂药。

一天，她拿起婆婆脏了的衣裤，正要去洗，婆婆不好意思，说要自己洗。媳妇说："你在家歇着吧，谁没有个老呢，这是我该做的。"就替婆婆洗了。

当晚，贤惠媳妇躺在床上睡不着，心想："婆婆年老体弱，弄点什么补一补呢？"第二天清早，媳妇捧着煨好的一吊子鸡汤，送到婆婆床前，谁知，婆婆吃了鸡肉，喝了鸡汤，刚躺下去，一个呵欠上了西天。

贤惠媳妇哭得惊天动地。族里几个坏家伙向县衙门告了她个谋财害命的诬状，上上下下使了银钱。县太爷得了甜头，准了状，把王徐氏抓到堂上百般拷打，直打得她皮开肉绽，强迫画了押，扔进了死囚牢。

王徐氏冤沉海底，只等死后和亲人相见。春去秋来，眼见刑期迫近了，王徐氏心如刀绞。临刑的头一天王徐氏一夜没合眼，牢门一开，老狱卒给她打开长枷，换上短铐，还按流传的风俗给死囚头上插一朵红花。

囚车来到翠微峰下，监斩官喝道："王徐氏听着，明年此时是你的祭日，临死前你还有什么话要说？"

王徐氏拔下髻上的石榴花，对围观的人群说："监斩的老爷，围观的乡亲，我实在冤比海深。我只求行刑的大哥把这石榴花插到山石缝中，花要是活了，我有冤；花要是死了，我有罪！"说完把石榴花扔到地上。围观的乡亲都知道她冤枉，个个暗自流泪。刽子手拾起石榴花，插到山上。

第二天，人们成群结队地去看插在山石缝中的石榴花，发现它已经长出了两片绿叶。后来，那棵石榴花见风也长，见雨也长，见太阳也长，不到一年工夫，长成一棵三尺多高的石榴树，年年开花，岁岁结果。后人在这里建了一座塔，取名叫“石榴花塔”，来纪念这位屈死的妇女。

义门坊

余家桥有一个地方叫牌楼李家，李家人是抗元英雄李庭芝的后代。这一大家人，做事齐心，相处和睦，日子过得很美满。

明朝，宪宗皇帝下江南，来到了蒲圻县，听说李家七代没分家，就来看个究竟。果然见他家有一百多人吃饭，做事鸣鼓为号，相处得非常和睦，生活也很富裕。

宪宗皇帝把看到的事情告诉了他宠爱的妃子。妃子说："他一家那样团结和气，只怕有朝一日会谋你的天下，不如趁早把他们杀了好。"皇帝拿不定主意，又派人前去仔细打听情况。

钦差问他们治家的办法。李家人说："我家代代当家的只能是十八岁左右的年轻后生，在当家主事期间，不能结婚，因为结了婚好听枕边话，不能秉公办事，家也难治好。"钦差回京，上奏皇帝。皇帝想起妃子的话，暗骂自己："差点儿听信了枕边话，误了大事。"

这年六月，宪宗皇帝下旨，为李氏立了一座牌坊，题名"义门坊"。牌楼李家就此得名。

显陵与小皇陵

钟祥县城东门外，有一座明朝陵墓，叫“显陵”，墓里葬的是嘉靖皇帝的父母。离显陵不远，有一座大坟包，里面葬的是嘉靖皇帝的奶妈范氏一品夫人，当地人称为“小皇陵”。

传说，嘉靖皇帝的母亲死后，他准备将母亲的灵柩运到钟祥，和他父亲兴献王合葬。一算账，运灵柩和修建陵墓，要花四十八万两白银。嘉靖皇帝想给自己留条后路，就不想花国库里的银子。从哪里去弄银子呢？

宰相严嵩给他想了个弄钱的法子。

严嵩来到承天府[①]，命各省派使者到承天府接旨。没几天，各路使者都到齐了。严嵩派人端上当地的甜梨，招待各路使者。还说，这梨是皇上所赐，谁吃的梨多，谁就是忠臣。还叫使者们将吃的梨子留下，好计数。云南、贵州的使者是第一次吃梨，越吃越好吃，就尽着肚子装。

梨子吃完了，严嵩一数梨子，云南、贵州使者吃得最多，各吃了四十个梨。严嵩又传下一道圣旨，说皇上要给皇太后修建陵墓，各省府都要拿钱，钱数就按今天吃的梨数上交，一个梨一万两白银。

各地的钱很快都交上来了，独有云南、贵州一时交不上来。现在皇陵外城的两个缺口，就是云南、贵州两省欠下的。等他们凑齐钱时，皇陵已快修起了。皇上发怒，说他们误了工期，斩了两路来使，将他们上交的钱为奶妈范氏修了个讲究的小坟墓。

---

① 承天府：明朝设置，在钟祥县，辖钟祥、京山、天门、潜江等县。

神奇的西井水

传说在清朝顺治年间，广州龙归镇南村西边，住着二三十户人家，都是用村前的坑水煮饭、泡茶、洗衣。一日，来了一个沿门化斋的老和尚，村里人家都随缘乐助。老和尚见人们饮用的坑水不干净，就指点他们在西面的池塘边掘一口井。

于是村中的父老，择了良辰吉日，叫几个壮年人在老和尚指点的地方动工挖井。挖至五六尺深，见有两块花岗石板横卧井底，就把石缝的碎泥刮除。谁知，石缝的泥还没剔完，水就从石板周围隙缝涌上来，一会儿便涌至井口。人们欢天喜地，便在旁边竖起一块刻有“西井龙泉”的石碑。从此，这个地方也就被称为“西井里”。

这口井里的水越汲越清澈，越饮越觉得甘甜。后来，又发现井底石上有个像鸭子的石头，人们称它为“宝鸭”。这口井常汲不干，天大旱时水也满到井口，但又不会溢出井口，因井内有一个小洞通出池塘。井水比池塘的水要高一尺，井水不停地流往池塘，这个池塘养的鱼也特别鲜美。每当春潮时节，江水淹没井口一尺多深，而清澈的井水像一条碧玉大柱，从井底直伸出水面，泾渭分明，真是“河水不犯井水”，依然清澈见底。井旁有棵大树，但井里从不见有半片树叶或任何浮物。人们还发现西井水不论生喝，还是煮开喝，都一样清甜；用开水泡茶，过两三夜也不会变味，因而在附近乡村非常闻名。当地的乡民有储藏“七夕水”的习俗。在农历七月初七太阳未出之前，从井中汲水储藏叫“七夕水”。“七夕水”清凉解热，可作药用。到这一天，附近乡村的不少妇女提坛挑桶，到西井去打水储藏。为方便来往路人解渴，好心的父老还在井旁的树上挂一只椰壳，让来往乡亲在井内汲水，坐在树下解渴，乘凉消暑。

有一日，天气炎热，一个卖豆腐的人叫卖到这里，在井旁树下歇脚，拿挂在树上的椰壳舀井水饮，觉得这井里的水异常清甜，与一般的井水不同。他往井里一看，见有一只宝鸭在水里游，很想伸手去捉，见树荫下坐满乘凉的人，便不敢轻举妄动。第二天，他又挑着豆腐担到西井叫卖，见井边人多，也不敢下手。第三天，他再来叫卖豆腐，等到树下乘凉的人都回家吃午饭时，急忙下井把宝鸭捞起，放在豆腐箩里，大步离开。回到家里，他把宝鸭放在大水缸里，奇怪的是，这水缸盛的水也和西井水一样清甜。用这水缸盛水做的豆腐，隔两三夜也不会变馊。从此，他的豆腐远近闻名，生意兴旺。后来他发了财，不再卖豆腐了，就把这只宝鸭放置在厅堂的神阁上。不料宝鸭离开了水，身子渐渐干瘪，最后化为一撮泥尘，不见了。

再说井中的宝鸭被偷走后，井水就渐渐浑浊，出现铁锈，发出臭气，再也不能饮用了。

到了清朝同治年间，父老们倡议捐款在旧井西面的池塘边，依照旧井的样子再挖一口新井。说来神奇，新挖的这口井与旧井一样清甜可口，特色完全与旧井一样，井底还隐隐约约有一只鸭子，于是这口新井又远近闻名了。此后，龙归、人和、嘉禾、江村每逢圩日，总有三五个卖柠檬水的人放开喉咙大喊：“西井柠檬水！清甜、润喉、止渴！”尤其是在每年农历五月初赛龙船的日子，人们喊得特别响亮：“西井柠檬水，润喉兼润肺，解热又消暑，西井柠檬水！”

据说，这口井的宝鸭与旧井的宝鸭不同了，旧井的宝鸭随时可以看到，但新井中的宝鸭却时隐时现，时有时无。一眼看下去，宝鸭在井底，定睛一看就不见了。人们说，这只宝鸭是怕遇上第二个卖豆腐的贪心人哪！

六榕寺

广州六榕路上有座六榕寺，已有一千四百多年的历史了。这寺院最早叫宝庄严寺，后来称为净慧寺，但因为寺院里有六株古榕，老百姓爱叫它六榕寺。北宋文学家苏东坡被贬岭南后，常到这里来游玩，也十分喜爱这六株古榕，在寺旁修建了一座潇洒轩，还亲笔题写了“六榕”两个字。以后这寺院便正式改名为六榕寺，那寺门门匾上的“六榕”二字，就是从石刻上描摹下来的苏东坡字迹。六榕寺里还有一块“宋苏文忠公笠屐像”碑刻。

据说，苏东坡流放岭南多年，和黎民百姓来往多了，知道民间的疾苦，懂得人们的才智，变得越来越谦虚好学。有一天，他到城外去春游，看见一种小鸟奇异得很，不知是什么鸟。附近有个在田间干活的青年农民，他便过去问道：“兄弟，这是什么鸟呀?”青年农民告诉他：“那是明月鸟①。”他继续往前走了一程，忽然看见路边有种紫色的花，从没见到过，花芯里还卧着一条虫呢。有个老农路过，他就请教：“老伯，这是什么花呀?”老农看看他说：“这是狗仔花。”苏东坡又问：“那花芯里的是什么虫?”老农笑着说：“它叫黄狗虫，这种虫常常爱钻在花芯里睡觉呢。”

听了老农的回答，苏东坡猛地想起王安石来。原来王安石有一次路过一个地方，当地有人拿了自己写的诗来求教于他。王安石见诗里有两句“明月当空叫，黄犬卧花芯”，觉得文理不通，便提笔一挥，改成“明月当空照，黄犬卧花荫”。这样一改，不是改错了吗？苏东坡想到这里，心里暗暗发笑，笑自己这样关在书斋里的读书人，常常会做出让人笑话的事来。从此，也就越发敬重老百姓了。

---

① 明月鸟：俗称野麻雀。

有一天，他去探访朋友，途中突然下起雨来，便躲到一户农民家里去避雨。农民知道苏东坡赶了半天路，肚子早就饿了，便捧出番薯给他吃。饭后，天还下着细雨，道路一片泥泞。农民便拿出一顶竹笠和一双木屐给他。苏东坡是做大官出身的，平时没穿惯木屐，泥路又烂又滑，他穿上木屐走在泥路上，左摇右摆，一拐一跛，差点要跌倒。农民和孩子们见了，都哈哈大笑起来。他自己边走边想，也不禁发笑，心想："我穿上木屐还不如小孩呢。"

苏东坡离开农民家，走了一段路，不知不觉走进了一个竹丛里，迷了路。他东摸西闯，怎么走也走不出来。眼看天快要黑了，苏东坡心里很焦急，幸好碰见一个放牛的孩子。那孩子也奇怪着呢，为什么苏东坡老在竹林里转来转去？苏东坡见了他，像是碰到了救星，连忙问："小兄弟，我迷路啦，从哪里可回我家去？"孩子就指点他怎么走。原来不用走多远，顺着一条牛屎路出去，拐个弯儿就回到家了。此后，他常对人谈起这件事，说自己在朝廷里会做官，但下到山间乡村，连孩童也不如。那天若不是牧童指点，差点要在竹丛里熬夜了。

从此，苏东坡和老百姓的感情越来越深，下雨天特别喜欢戴竹笠，穿木屐。人们看到他这模样，也对他格外亲热，有人还给他画了一幅像。苏东坡死后，后人为了纪念他，便在六榕寺内树立了这块刻有苏东坡笠屐图像的石碑。

灵光寺

灵光寺，原名圣寿寺。为什么要改名灵光寺呢？这里有一段传说。

相传明洪武十三年七月，粤东监察御史梅鼎出巡视察，由潮安乘船到梅县，经过松口蓬辣滩时，忽遇狂风暴雨，河水迅猛上涨，木船随风漂荡，江水涌入船舱，船夫举篙失灵，船将覆没。这时，船上的梅御史和随从们，胆战心惊，挤成一团。就在这危急之时，忽然一声巨响，随即风停雨止。这时只见一个和尚登船而来，他手挥拂尘，合掌闭目，盘腿坐在船中，口中念念有词。霎时，船中的水尽退，风平浪静，化险为夷。

一天，梅御史来到阴那山圣寿寺进香，见佛殿中央供着一尊木雕佛像，与船中所遇救命恩人一模一样，十分惊异。向寺僧一打听，才知他是圣寿寺的开山祖师潘了拳，生平轶事极多，四十九岁坐化成佛，称为惭愧祖师。梅御史听后，即拨出白银千两，扩建修寺，五年后工程竣工。梅御史念惭愧祖师威灵光大，便将圣寿寺改名为灵光寺。

附　记

关于灵光寺和惭愧祖师潘了拳，还流传着若干有趣的传说。如寺门前的三株古柏，其中一株有枝无叶，枯而不倒，虽经千百年，仍和另两株活柏树长得一样高大，传说是当年潘了拳亲手栽下的一株已枯死的柏树苗，要它和两株活树苗“生死同种，生死同高”；又如寺前的小溪中，生长着一种奇异的无笃[1]石螺和片生熟鱼，相传是寺里小和尚抓来石螺绞去它的底壳和小鱼一起放在锅里煎，不料

① 笃：物体的底部。此处指螺体尖细的底壳，绞去才容易吮食体内的螺肉。

被潘了拳发现，训斥他们不该杀生，违反僧规戒律，并责令把绞了笃的石螺和煎熟了一半的小鱼放生，结果它们到了溪中竟死而复生；再如传说潘了拳自到寺中结茅修炼后，连老家福建的五色雀也飞来与他做伴，当善男信女来进香时，它就飞到香客头顶表示迎接，当天要下雨时，它就飞到柏树上鸣叫，潘了拳听了便把香客挽留下来，故当地便有了灵鸟报雨的美谈。

南海神庙的传说

在珠江口狮子洋的北岸，有一座南海神庙。

南海神庙坐北向南，走进大门，便看见一东一西长着两棵茂密高大的菠萝树。

传说一天深夜，有一艘外国商船，经过长途航行之后，来到了珠江口扶胥镇的海面，突然海上刮起了大风，汹涌的巨浪把商船打翻了，船员都被卷入江心。

第二天早晨，风停了，附近的村民听到江边有阵阵的鸡啼声，大家感到奇怪，就顺着啼声去看个究竟。一直寻到江边，鸡啼声没有了，也未见雄鸡的踪影，却发现一具头戴红帽、身着紫褐色衣袍的外国船员尸体。这尸体双手握着两棵菠萝树苗，满面污泥地躺在江滩上。

村民十分同情这位冒着风浪、远渡重洋来到中国的外国船员，就一齐动手把他安葬了。大家猜想：船员从家乡带来了菠萝树苗，到死还握在手里，他一定是想把它种在中国，让它在异乡生根成长。于是村民就把菠萝树苗一东一西地种在南海神庙的殿前。

菠萝树果然落地生根，很快就长成了三四丈高的大树，叶子又厚又密，而且结出又肥又甜又香的果实。到神庙参神游览的人，见到这两棵菠萝树，无不赞美、怀念那位外国船员。为了纪念他，人们就把南海神庙也称作“菠萝庙”。

传说菠萝庙附近的庙头村住着一位姑婆，她养了一只非常漂亮的大公鸡。这公鸡每天清晨依时报晓，啼声嘹亮，催人早出耕田，是村中第一好鸡，因此姑婆爱如珍宝。

村中有位财主，见姑婆的公鸡确实与众不同，就想占为已有，他派了两个亲信，把姑婆的公鸡偷去了。谁知姑婆的公鸡像懂人性似的，来到财主家就不再啼叫了。财主一气之下，就把鸡杀掉了，鸡肉做菜下酒，鸡毛丢到村边的垃圾岗上。

姑婆知道财主宰了她的公鸡，非常伤心，她到垃圾岗上一片片地把鸡毛捡回家。然后用泥巴、米糊和纸扎成了鸡身，把捡回来的鸡毛插上，一只栩栩如生的公鸡就出现了。

不久，“菠萝诞”到了，菠萝庙里十分热闹，姑婆就把自己制作的鸡拿到庙里去卖。人们见这鸡神情可爱，都争着购买。后来，姑婆教会村中的妇女做这种鸡，每逢“菠萝诞”日才拿去卖。因此，这种鸡就叫菠萝鸡。由于这种鸡制作奇特，人们就给它添上很多神奇色彩。传说每年在众多的菠萝鸡中，总有一只会啼叫的，谁买到它，谁就会行好运、就会发财致富。

有一年，一个远处来的山民，也买了一对菠萝鸡。回家路上，行到黄埔文园附近的田基时，他手中的一只菠萝鸡突然啼叫起来。山民吓了一跳，以为是怪物，不吉祥，就把鸡丢在田基上。

第二天五更时分，文园村一位农民摸黑出田劳动，听见田基有鸡啼声，觉得奇怪，顺着鸡啼声走去。当他走近田基时，却见是一只菠萝鸡在啼叫。这个农民知道会啼叫的菠萝鸡会给人带来好运，于是赶忙上前把鸡抱在怀里，飞快跑回家去。

农民把鸡放在房间里的梳妆桌上，每天五更时分，菠萝鸡就啼叫了，农民听见鸡啼就起身下田干活，天天如此，从不间断。这个农民家中一天天地富裕起来了。人们去问他发财的秘密，他也不隐瞒，一五一十地直说了。自此，人们把农民捡鸡的地方叫菠萝基。

菠萝庙还有一座殿堂叫沈氏夫人殿，也叫“昭灵宫”，殿中安放着一尊约六尺高的沈氏夫人神像。

传说，广东顺德有一个姓沈的蚕桑姑娘，她温柔善良，乐于助人。有一年春天，到了开耕时候，还未下过一场雨，人们心急如焚，要是再不下雨，种不上桑，养不了蚕，大家都要挨饿。沈姑娘听村中的老人讲，离顺德百里外的扶胥镇旁有座菠萝庙，庙中的洪圣大王能使人间风调雨顺，何不去求求他为民间普降甘雨呢。为了不耽误农时，沈姑娘决定只身到菠萝庙求雨。她说服了父母，包了几件衣服，辞别乡亲，日夜兼程求雨去了。

到了菠萝庙，沈姑娘连清水也不喝一口，就对着洪圣大王点香跪拜。她一面叩头一面说：“今有顺德民女，恳求洪圣大王为民间普降甘雨，保佑阿哥们顺利锄地种桑，保佑阿姐们养蚕抽丝，时年顺景，愿织下绸缎到大殿作铺陈①。”

洪圣大王见沈姑娘风尘仆仆从远方来，忍饥挨渴，为众人求雨造福，很受感动，愿出力相助。但由于沈姑娘声音沙哑，洪圣大王把她说的“铺陈”误听为语音相似的“夫人”，也默许满足蚕女的要求。

沈姑娘刚离开菠萝庙，天就下了春雨。这一年，顺德

① 铺陈：以绸缎装点大殿。

的蚕桑和蚕丝果然丰收，百姓万般欢乐。沈姑娘高兴地选用了最好的蚕丝，精心编织出闪闪发亮的“铺陈”。为了还愿，沈姑娘捧着美丽的“铺陈”，再一次过桥越海来到菠萝庙参拜洪圣大王。

洪圣大王见沈姑娘果然诚心，马上对着众神宣布：封这位远方来的蚕女为“夫人”。洪圣大王话音刚落，沈姑娘的肉体马上化作了一堆泥土。

当晚，洪圣大王托梦给庙祝，把这堆泥土塑成蚕女神像，建殿安放。这殿建好后就叫昭灵宫。由于蚕女姓沈，所以这殿也叫“沈氏夫人殿”。庙的东南边有个庙头村，村中不少人姓岑，因当地语言中沈与岑音相近，村民又亲切地称沈氏夫人为姑婆。

庙殿落成不久的一天傍晚，庙头村出现家家户户寻找孩子的现象。原来村中的小孩吃过饭后，都到沈氏夫人殿玩耍。沈氏夫人非常喜欢小孩，同小孩一同唱歌嬉戏。孩子们玩得欢乐，忘记了回家。到昭灵宫烧香的人，见那么多孩子在殿中玩耍，就告诉了村民。他们得知此事，又惊又喜。以后凡出田下地或到外办事，都把孩子带到昭灵宫，说声“烦姑婆照顾”，就让孩子留在宫内玩耍。

说来奇怪，那么多孩子同在一起玩耍嬉戏，从不发生意外，沈氏夫人成了贫苦人家的保姆。老百姓非常感激，就捐钱买对联挂在殿前，盛赞沈氏夫人的美德。

附　记

南海神庙坐落在广州市黄埔庙头村，是我国古代四大海神庙中仅存的一座。

每年农历二月十三为南海神诞，宋元以来，当地群众在这天举行庙会祭神、赶集，异常热闹。宋人刘克庄曾写诗记南海神诞之盛："香火万家市，烟花二月时；居人空巷出，去赛海神祠。"

南海神庙因庙前种有菠萝树，故又称"菠萝庙"，南海神诞又称"菠萝诞"。

金花庙与仙湖街

过去广州曾有一间金花庙，现在拆平了，不过还有金花街，仙湖街，都是为了纪念一个金花姑娘而得名的。

传说在明朝的时候，广州有个大人物，官居“巡按”之职。有一天，他的夫人临盆难产，急得巡按大老爷满头大汗，四处求神拜佛，都无济于事。晚上，大老爷做了一个梦，梦见一个白发老人，手执一把大葵扇，一摇一摆走到他面前，对他说："要使你的夫人平安产子，除非请金花女来。"说完就不见了。巡按老爷梦醒之后，便立即派出差人，四处寻找金花。

当时广州名叫金花的女子，没有一百也有几十，差人去了不久，即抓了一个"金花"回来，这姑娘才十三四岁。突然被抓到衙门里，弄得莫名其妙。说来也巧，金花刚一带进厅堂，就有人从房里报出：夫人已经平安产下贵子。巡按大人高兴得连连给金花姑娘磕头，顶礼膜拜，说她真是天仙降临，解救了他夫人的大难。这姑娘惊魂未定，更加受宠若惊。

"金花姑娘是个神奇的催生婆"这个消息，一传十，十传百，越传越广，一下子就传遍了十里羊城。传来传去，金花姑娘又被说成了"金花娘娘"，以后凡有生育的产妇，都要请她去保佑。这个十多岁的黄花姑娘，就这样成了"神仙"。既成了神仙，凡人就不敢和她结婚了。金花到了二十几岁，还是一个孤独神仙，内心十分苦恼，最后只好投湖自尽了。那个湖，也就因此得名为"仙湖"，就在如今惠福东路一带，后来填平为街道，就叫做"仙湖街"。

金花姑娘死后，人们立了一间庙，塑了一个神像。起初，叫做"金花小娘庙"，后嫌派头不够，又改为"金花普主惠福夫人庙"，庙址亦几经变动，拆来拆去，最后移到河南，叫做“金花庙”。后来，广东城乡不少地方都有金花庙，据说是从广州传去的。

不忧庙

广州河南龙溪乡龙珠桥附近，有一间天后娘娘庙，红墙绿瓦，十分华丽。内有一金漆龙牌，上书“不忧庙”三个大字，游人到此，都有点莫名其妙。

传说从前，天后庙是很小的，庙的周围全是涌边禾田，一片荒凉，行人稀少。到了民国初年，有个小商人因经营生意不景，债台高筑。当时惯例，债主总是由岁晚年底一直到除夕之夜，点着灯笼火把上门逼债的。如果除夕还追不到债，便留待下年再算。这个小商人为了避债，在除夕傍晚就躲进天后庙，龟缩在神台下。正当他闭目养神，指望侥幸度过一宵时，突然又有一人走进庙来，亦钻进神台下。那人见了便道："兄弟，你为什么来这神台下呢？"小商人说："只因欠债，无法偿还，故此来这里躲避。请问老兄，你也来此，却是为何？""我也和兄弟一样，因欠下人家大笔债务，难以还清。债务催得紧急，故亦来此避债。"说着，两人顿觉得同病相怜，倍加亲切。他问小商人："不知兄弟欠人多少钱呢？"小商人答："一百两银。"那人原来是个大商人，听罢不觉一笑："唏，只欠一百两银，也来此受苦。'说罢，从腰间取出百余两银交给小商人说："你回去还清债务，好好地过一个年吧，我就在此过年算了。"

小商人感激不尽，取钱回去，还清债务，尚有余钱，买些鸡鱼酒肉回家团年。这时小商人想起，若非大商人大义相助，今日如何能有此福气？怎忍心他独自在庙中神台下受苦？于是，他转回庙中，请大商人一起到他家过年。

大商人随小商人归家，一起动手杀鸡宰鹅，杀鸡时不小心，鸡头突然堕入暗渠中，找来找去不见踪影。人说过年时节，吃无头之物是不吉利的，那鸡头非找回不可。于是两人七手八脚，撬开暗渠寻找。忽见渠中有八个大瓮，取上来打开一看，闪闪发光，全部装满金银，共计七瓮银一瓮金，正合“七星伴月”的福兆。两人喜出望外，认为此乃神灵见我等忠义所赐，即焚香拜天谢神。之后，从中拿出一部分钱财还清债务，欢欢喜喜过了年。

从此，二人不再为钱而忧心了，还结拜为兄弟，接着又把原来避债的小小天后庙改建为大庙，并取名为“不忧庙”。这段佳话因此也流传开了。

珠海将军庙

从前，珠海市前山寨城南[①]有一座将军庙。庙里立着两尊巨大的石雕像，身高两米，戴盔披甲，威风凛凛。一

---

① 前山寨城南：珠海市前山镇新马路仁裕道偶左侧。

个持剑指向地下，一个举剑刺向澳门，当地群众称它为石将军。这里有个传说。

那是明代嘉靖三十二年①，葡萄牙人野心勃勃，以租借为名，占据了原属香山县②管辖的澳门。因而澳门北面四五里的下恭都③，就变成了边陲要地，连明代的天启皇帝也不得不调兵遣将，驻扎前山。那时，来了一位三品官阶的参将把守着前山寨城，防御葡萄牙人得寸进尺，侵犯前山。这位参将不但勇武过人，而且能管理政事，很受当地群众拥护。后来因北方发生战事，皇帝便把他召回北京去了。这位将军姓甚名谁，后人却记不清楚。由于他对当地有功，所以群众对他非常怀念。就在那时，群众自发而起，为他立了一座石像，还建起一间庙宇，背靠城墙，面向澳门那边，有镇城保土的意思。以后每逢过年过节，不知有多少人从澳门，从湾仔、翠微、吉大等地来这里供拜这位石将军。

有一年，葡萄牙在澳门的官差，扛着几支洋枪，骑着几匹洋马，在将军庙附近游荡，踩踏了附近一大片农田，还调戏在田里除草锄地的农妇，当即激怒了周围的群众，蜂拥上前把那班西洋鬼子团团围住。西洋鬼子慌得发了狂，举起洋枪向着群众瞄准，有的索性向着天空鸣枪示威。群众不甘示弱，举起锄头铁铲直奔过去，有的拾起石

① 明代嘉靖三十二年：1553 年。
② 香山县：今中山县。
③ 下恭都：今前山镇。

头向着鬼子猛掷。事态正在越闹越大时，忽然天上狂风大作，飞砂走石，天昏地暗，接着大雨倾盆，吓得那班西洋鬼子赶快骑上马冲出重围，狼狈地逃回澳门。不知隔了多久日子，再不见鬼子越境来前山闹事。当时就有人说，他亲眼看见石将军戴盔披甲，左手叉腰，右手持剑，脚踏彩云，在呼风唤雨哩！

谁料，到清代初年，顺治皇帝下旨，四处捕杀明朝的遗老遗少，连这位石将军也被推倒埋掉。说也奇怪，澳门的西洋鬼子又来欺侮我们了。就在那天晚上，几个鬼子饮醉了酒，踉踉跄跄地闯进前山寨门口，见人就打，还当场杀死一个在路旁摆摊的小贩。次日，群众纷纷要求官府向澳门葡萄牙政府交涉，查办杀人凶手，并请求把埋在地下的石将军挖上来，重立这位靖国爱民的石将军。香山县衙在群众的再三请求下，当日仅费一个钟头工夫，便把埋在地下的石将军挖了上来，还在数天之内，再另立一座新雕的石将军。两座石将军都是戴盔披甲，右手叉腰，左手持剑，剑端直指向澳门青洲，一副临战搏杀的姿态。那时，青洲是许多葡人居住的地方。

这两座石将军，澳门的葡人对它非常害怕，好像芒刺刺痛他们的心肝那样，时刻想要埋掉它。鸦片战争以后，清皇朝向列强割地、赔款、求和，澳门葡人也乘机先拆除了以前中国在澳门设立的关闸，接着闯入前山寨城南，又推倒掩埋了两座石将军。

可是，群众非常怀念石将军。清光绪十三年[1]正式设立拱北海关，并重建前山寨城。在建城时，又一次把石将军立了起来，重建一庙宇，名为将军庙。有人为庙里撰写了一副对联：

威震前山千顷地

剑指青洲一洞天

① 清光绪十三年：1887 年。

尺九庙

很久以前，赤霞岗北面的山脚，就是现在的西江支流附近，那时这里浩渺一片，与对面陈村新栏遥遥相望，随着岁月推移，现在只有几十丈宽了。

相传当时，西江上游某地的一个秀才姓陈名开，和几个同窗好友坐船南下，日夜兼程往省城应考。途经赤霞岗的时候，天已入黑，突然风雨交加，陈开等人坐的船在风浪中挣扎，随时都有翻船的危险。艄公又不熟识这段水路，船舱里的秀才比遇到老虎还惊恐，大家乱成一团。陈开还算镇定，跪在船上祈祷："愿天后娘娘保佑，指点迷津，解救我们脱险，如能保佑得脱此难，他日船上的人如果能当官，定在这里建一箭之遥的庙宇，塑金身，长年供奉香火。"说完，突见南面有火光，船上的人不禁狂喜，有火光自然有人家！艄公向着火光方向奋力棹去，经过艰难挣扎，小船终于在岸边停靠了。

绝处逢生，秀才们很久才定过神来，向岸边一望，火光不见了，只见前面是一座陡峻山岗，左右是一片荒滩。陈开说："这是天后娘娘指点迷津，刚才我向娘娘许愿，感动神灵，他日有出头之日，定要不负前言，答谢神恩。"

半夜里，风定雨停，明月一轮当空照。秀才们换过衣衫，睡了一觉，天亮后登岸，在石崖上题了"陈开等遇险于此"字样。询问当地渔夫，得知这里是碧江赤霞岗，便又继续登程。

到达省城，刚好赶上考期，陈开中了举人，次年上京赴考又高中进士，留京供职。为不忘当日"天后娘娘"救命之恩，陈开委派管家陈景到赤霞岗建造一间一箭之地规模的天后庙。

陈景领命南下，带着一笔钱和几个手下，到了赤霞岗北面的山脚，一望地势，不禁惊呆了！原来，赤霞岗北面的山脚是有名的“朗尾垂珠”，一道陡峭石壁，石壁下是一片荒滩，荒滩外是滔滔江水。在这荒凉陡峭的地方建一间一箭之遥的宏大建筑物，真比当年建万里长城还要难！但主命难违，怎么办？陈景比当年伍员过关还发愁，口中喃喃念着：“一箭之地，一箭之遥！”突然他眉头一皱，大叫一声：“有了！”连忙在行李中取出羽箭一支，上岸行了几里路，到圩市人家寻访了一名石匠，请他帮忙建庙宇一间。石匠呆呆地望着这个外乡人，以为他疯了，便说：“建一间庙，只找我石匠一人？你快把图样拿来，我替你找本地有名的泥水木匠商量商量！

陈景笑嘻嘻地从包袱中取出羽箭一支，对石匠说：“你就按这枝箭的长度，替我在赤霞岗北面，择地用石雕一间‘一箭’方横的庙宇，你这个有名的师傅，完成这项‘工程’看来不用再找帮手了吧！”说着从包袱里取出纹银五十两，交给石匠说：“这些是工钱，不够再开声！”石匠望着这个奇怪的外乡人，看着白花花的银子，连忙说：“够了，够了！”

不到一个月，“一箭之地”的天后庙凿成了。相传一支箭的长度为一尺九寸，这间方横尺九的庙宇便在赤霞岗北面石壁上建起来。

陈景建完了“尺九庙”，便带着手下到广州，用余下的大笔银子花天酒地过了两年，然后回京在陈开面前胡说了一通。刚好陈开两年来官运亨通，以为是天后娘娘护佑的结果，便相信陈景真的为他建了大庙。

后来陈开终于知道陈景瞒骗了他，他觉得杀头反而便宜了陈景，便把陈景流放到“尺九庙”当庙祝公，让他在无法容身的“尺九庙”，实际是荒郊野岭中过下半辈子。自从有了陈景照管，“尺九庙”的烟火终日不断，成了船家的航标，在许多风雨之夜，救了不少人的命。因此陈景死后，“尺九庙”的烟火仍然经久不绝，这连陈开也料想不到。

附　记

尺九庙位于顺德碧江口赤霞岗北麓，原名为“天后庙”，因该庙只有旧司尺一尺九寸见方，故有尺九庙之称。该庙解放后尚在，“文化大革命”期间被毁。

夫人庙

传说唐开元四年，左拾遗张九龄奉诏开凿梅岭官道，全程三十华里，限期三年完成。旧道是层峦叠嶂，荆棘阻塞，工程很艰巨。初时，在红梅驿段进展顺利，及至梅岭顶上，岩石坚硬，阻挡去路，今天凿开一点，明天就合拢了。第一个七天过去了，工程毫无进展。第二个七天过去了，工程仍无进展。张九龄每天到工地去察看，鼓励民工加倍努力，也没有结果，一直干到七七四十九天，还是毫无进展。

第五十天的早晨，张九龄如常到工地去，他呆若木鸡地站在梅岭顶上，注视着前面的那块巨石峭岩。突然间，有一位鹤发童颜老翁走近前来问道；“相公为何在此站立？是想破开这巨石吗？告诉你，这是山神所管辖的，要有孕妇祭祀就好办，否则，任你再干二十年，也是白费心机。”

张九龄回来后，愁眉双锁，郁郁不乐。侍妾戚宜芬夫人见状就问张九龄：“官人有何心事，实告妾身，或可代你分忧。”张九龄说：“妇道人家，哪能与我分忧呢？”夫人答道：“请你别看轻女辈，你还说过男人做不到的事，女人或许也能办到的呢！”

于是，张九龄把在梅岭顶上遇老翁的事说了一遍，并打算找浈昌知县商量，想个解决办法。戚夫人听了低头不语，一边料理家务，一边想着帮助丈夫找出克服困难的法子。

等到深更半夜的时候，夫人披衣起床，冒着凛冽寒风，跑到梅岭顶巨石旁，手提长剑撩衣袒胸，口中叨念着：“皇天在上，我是广东张九龄侍妾戚氏，身怀六甲，因梅岭道开凿月余毫无进展，若皇天布灾，当愿将妾命献祭皇天。”遂举剑剖腹而死。

第二天早晨，张九龄听见报讯，路上有夫人尸血狼藉洒地，他痛哭流涕，几乎昏厥倒地。这时，又报朝廷要派钦差大臣来勘察工程，张九龄忍住悲痛，第三天便硬着头皮草草收拾夫人的尸首安葬，继续带领民工上山凿石。说也奇怪，这天凿一点开一点，凿多少开多少，再也不会合拢了。经过两年的努力，终于把路开通了。

张九龄为了纪念戚夫人，在梅岭建了一座夫人庙，内设戚夫人的塑像。此后，历代都有不少妇女，因崇敬戚夫人为开凿梅关古道而献身的精神，并祈求赐子托福，前往烧香祭祀，络绎不绝。

水仙庙

很久以前，三华乡有一个在朝廷做官的人叫徐忠远，当时与御史何绍基来往甚密，情同手足。后来，徐忠远因为年老多病，带着全家告老还乡。临别时，他对何御史说：“你我朋友一场，如今就要分别了，请记住来三华探我呀！”何御史望着就要分离的老友，禁不住老泪纵横，哽咽着说：“请你放心，我就是死了，灵魂也要飞到三华探望你的。”

岁月流逝，何御史还没履行自己的诺言，就去世了。家人按照他的遗嘱，将他的年庚及籍贯等装进小盒内，投入大河，让它向南方漂去。

话说有一天，三华村有一农民趁农闲时到鱼仔坑网鱼。他总是觉得这晚似有意外，因为从傍晚到凌晨，竟然连一条鱼也没网到，正当垂头丧气准备收网回家时，只见网中有一个小盒子。他也不理会，把盒子往水里一丢，再打一网，捞起来又见那盒子在网中。他真有点气恼了，把盒子往河的下游丢去：“我看你还能投入我网中？”再起一网，哈，小盒仍在网中。他觉得奇怪，这小盒为什么能逆水而上？便好奇地打开盒子，借着淡淡的月色，依稀见到盒子里有十几粒茶树种子，还有一块玉帛，上面写着“御史何绍基”几个字。农民想：这莫非是有神灵作怪？于是对着盒子说：“盒子啊，盒子！你真的有灵就保佑我每一网都能网到鱼吧。我会将你带回村中，为你建一座庙，天天供奉你。”说完，将网撒下，果然网到不少鱼。他十分欢喜，将这盒子拿回家，并选择了一块风水宝地，用泥砖和瓦片搭了一座简陋的小庙，天天烧香跪拜。从此以后，三华一带年年风调雨顺，五谷丰登。这个农民每天也都捕到不少鱼，渐渐地富起来，就拆掉小庙，在原地重建了一座大庙，并塑了一个金身菩萨，名为御史大王，安放在庙里供奉。附近八乡的人听说这神灵验，纷纷赶来跪拜，香火很是旺盛。由于这小盒子是从水上漂来的，人们以为是水神，就把这座庙叫做“水仙庙”。

水仙庙的名气越来越大。据说，为了感谢神的保佑，每年正月初三至正月十八，全村的人总是舞狮、敲鼓、游灯街，热闹一番。到了正月十八那天，全村都炸油角，用来拜祭水仙公。听说某年有一妇人背着小孩准备来拜水仙公，背上的小孩哭闹着要吃油角，母亲不给，还将他锁在家中。她上完香火回到家中，却见屋里的孩子正在吃油角，觉得奇怪，就问他说：“油角是谁给你的？”小孩说是一位白发老公公，他母亲恍然大悟，知是水仙公光临。这故事一传十，十传百，不久尽人皆知了。自此，水仙庙更是一天到晚香烟缭绕，热闹非常。

又听人们说，那个农民后来将盒子里的茶树籽播种在庙旁，茶树生长得很快，茶叶嫩绿，把它烘干泡水，味道甘香可口，可与上等名茶媲美，人们叫做“水仙茶”。至今，村中仍然种着几棵老茶树。说也奇怪，这种茶树只能在三华的土地上才能生长，是什么原因，到现在也是一个谜。

三 奶 庙

旧时，五华县的不少乡村都设有三奶庙，供奉陈、林、李三位奶娘神位，香火极盛。为什么要建“三奶庙”呢？此地民间到处流传着三位奶娘学法斗社官救百姓的传说。

话说很久很久以前，某村有妖精社官爷作祟。村里人每年都要给它做社，不但要备办三牲祭品敬奉，每次做社还要供奉一个男孩子给他吃。有钱人家出钱买小孩给社官吃，穷苦人家无钱买，只得忍痛送出自己的儿子敬奉社官，不然的话，全村百姓都要遭殃。

这一年，又要做社了，轮到了陈姓某家供奉男孩。这家只有姐弟两人相依为命。陈大姐想到自己只有一个弟弟，若被社官吃掉，父亲血脉就断绝了。为了救弟弟，便决心到茅山学法，和社官斗一斗。

陈大姐不知走了多少天，走了很远很远路程，遇到了一位姓林的姑娘。相问之下，才知林姑娘的父亲撑船，遇到大风大浪，常常有沉船的危险，也要到茅山学法，保护船家平安。两人便结伴同行，行了很久，又遇到了李姑娘。她也是为了解救百姓灾难，给小孩治病，去茅山学法的。三人一样心思，便结拜为姊妹。

三人行了一程又一程，不料在深山密林里迷失了方向。走来走去，不知茅山在哪里，问过路的人也不知道。最后又遇到大水潭拦在面前，三人走投无路，十分悲伤，都说学不到法术，救不了人，不如死去，便同时跳进深潭。谁知到了潭中，却见有一座清堂雅舍。进去一看，有一位老大娘在那里，问起情由，知道三人要到茅山学法，不知路途，便说：“我认得路，但我背上长了一个大瘤，如果你们三人能用嘴巴把脓血吸去，治好了我，便带你们去茅山。”陈大姐救弟心急，顾不得腥臭，便俯身去吸脓血，本想吐出来的，不料脓血入口便一骨碌入肚去了，却觉得不腥不臭，反是又香又甜，越吸越觉得浑身血流畅通，十分舒服。林、李两人看见，料想定有古怪，便也争着吸了一些。结果，老大娘的背瘤好了，姐妹三人也觉得长了功力。原来这个老大娘便是茅山法主化身，以“脓血”传给功力，陈大姐吸得最多，法力也就最强。

接着法主对陈大姐三人说，你们可以回去了：“给你们每人一匹马，路上你们会遇到兄弟五人，叫做五郎，大郎姓彭，二郎姓陈，三郎姓郭，四郎姓张，五郎姓伍。他们吃了九牛二虎，力大无穷。他们在路上拦着要你们做妻子，你们可以和他们打赌，对他们说，若能吃下这些火米，情愿给你为妻，吃不下就要听我三人使唤。”说着取出一把火米交给陈大姐，又交代了吃火米的解救办法，还说收服了五郎，就可以去对付社官了。

姐妹三人，告别法主，路上果然碰见五郎拦着，要娶她们为妻。陈大姐拿出火米来打赌，五郎哈哈大笑说：“怎么不敢！”说着就把火米吞下，不料火米一到肚中，却着起火来，烧得兄弟五人的肠肚心肝疼痛难忍，个个跪在地上哀哀求救说：“不知三位奶娘法力高强，多有冒犯，饶了我们，情愿听从使唤。”陈大姐三人见他们如此，便弄了鸡血给他们吃。俗话说“鸡血透心凉”，五人吃了，顿时就肚不疼心不痛了，个个欢天喜地地拜谢不杀之恩。

陈大姐等人便带了五郎兄弟，快马加鞭，一下子回到了村中。碰巧这天正在做社，陈大姐见弟弟被绑着，就要开刀了，忙大喝一声，飞快地救出弟弟。社官一见大怒，挺身来斗。五郎一齐出手，打得社官招架不住，“刷”的一声，变成一条大蟒蛇，张开大口要吃陈大姐等人。陈大姐不慌不忙，拔出宝剑，念念有词，用力砍去，把蛇尾斩去一截。社官知道就要无命，忙伏在地上求饶。陈大姐责其罪恶，命他一不准再吃男孩，伤人性命；二不准住进庙堂，就在山前或树下安住；三要保乡村风调雨顺，五谷丰登。社官一一遵命，从此再也不敢吃人伤命了，一直规规矩矩住在大树下，看管村中田禾。

降伏了社官后，林姑娘领着姐妹，赶到常常沉船的九曲十八弯地方，正遇一队木船驶过桥下，眼见着一条条船被急浪一抛，撞在桥墩上便沉了下去。这时她父亲的船正被桥墩撞漏，快要下沉。林姑娘忙念咒诀，脱下一双绣鞋丢去，正好将漏洞塞住，保住了全船性命。从那时起，所有江中来往船只，船篷上都挂着一只鞋，保佑一路平安。

后来姐妹三人到处云游，遇着百姓遭灾逢劫，或有妖怪害人，便做起法事，消灾袪病，赶鬼驱邪。陈、林、李三人为百姓做了好事，便被尊称为三奶仙娘，有些地方建起宫祠，谓“三奶庙”，春秋祭祀，香火不绝。

附　记

做巫是道教法事，当地巫公既尊奉道教创始人李老子，又尊奉陈、林、李三位奶娘。法事共有十套，即请神、开坛、安灶、奏诉、差将、奉朝、监朝、支粮、屯兵、辞神。其奏诉辞中有："启告儒释道传三教等，阴阳离卜久流传；五百神通罗汉主，福州三位大奶娘……"之句。

还金亭

在东莞县城通往温塘乡的途中，有一座茶亭叫还金亭。

传说，明朝洪武年间，温塘村袁友仁在这里建了一间茶亭卖茶，并亲笔在茶亭门口写了一副对联。

上联是：茶煮清泉迎商旅

下联是：亭栽绿树荫劳人

他的茶亭与众不同，凡是村里人在劳动歇息间到茶亭饮茶，分文不收；往来客商饮茶，每碗只收一文钱。袁友仁爱好诗文，常与宾客、乡人一边品茶一边谈论诗文，茶亭虽小，但饮茶的人终日不绝。

一日，天气炎热，有一位京城客人路过。袁友仁见是外地人，便热情招呼，客人因要远行，本不想止步，见主人如此盛情，而且天气闷热，小茶亭也清雅不俗，便歇下脚来饮茶。客人在饮茶间，看见茶亭门口的对联颇有意思，而且字体不凡，运笔犹似山涧流泉，潇洒清秀，便指着对联对主人说："这可是老兄的佳笔吧？"

"见笑，见笑，请客官指教。"袁友仁谦恭地回答客人。

由于主客都爱好诗文，谈得非常投机，一见如故。客人很赏识袁友仁的学识，又见袁友仁好客，便把随身的端砚和一支湖笔送给袁友仁，并请袁友仁在自己的扇子上写下了茶亭的对联作留念。为了要赶路，客人便兴匆匆而别。

傍晚，袁友仁收拾茶具准备回家，在墙根下发现有个小包，打开一看，原来是三百两银子。袁友仁心里觉得奇怪，可能是今天那位外地客人丢失的吧！人已走远了，天又将黑，只好把银子带回家，明天再担出来等失主回来领取。

第二天一早，袁友仁把银子担出茶亭，照常开档卖茶。他细心地观察着每一个来往的客人，总想快些找到失主。眼看一天又过去了，仍不见失主来认领，心里非常着急，只好又把银子担回家。一天、两天……一个月、两个月……一年、两年……天天如此，把三百两银子担出担入。但这件事一直没有讲给第二个人知道。

三年后的一天，天气也是很热，有一个外地客人到茶亭饮茶，袁友仁热情地招呼着客人。客人见卖茶的主人仍是三年前的主人，心里非常高兴。但袁友仁却认不出他就是三年前的失主。客人本想打听一下三年前遗金的事，又不好意思直讲。心想：茶亭来往人多，银子也不知落在谁的手中，时过三年，谁拾到这些银子也不会留到今天了。客人见主人还是和三年前那样好客，随便地对袁友仁说："老板，你这里的茶真贵呀。"

袁友仁说："不贵呀，一文钱一碗的，村里人来饮茶，还一文不收呢，何以说我的茶贵？"

客人说："三年前，我曾在贵茶亭饮过一碗茶，当时由于忙着要赶路，在这里丢失了一包银子，一包银子一碗茶，你说贵不贵？"

袁友仁听后猛然一醒：这件事并没有第二个人知道，他莫非就是当年的失主？便随口问道："客官，你当时丢失了多少银两？"

客人说："实不瞒你，那包银子足足三百两无零。"

袁友仁认真地打量着客人，客人见袁友仁仍认不出自己，便从怀里取出当年那把扇子来扇凉，把字朝着袁友仁。袁友仁一见扇子上的字是自己的墨迹：“啊！找到了……”

客人紧接着说：“找到了什么？”

袁友仁说：“找到失主了。”忙从箩里捧出原包银子对客人说：“客官，这就是你三年前在这里丢失的三百两银子，请点收吧！”

客人打开一看，不错，包是原来的包，银子也是原来的银子，一数，三百两一文不少。客人喜出望外，乡间果真有这样的奇迹？他望着眼前高大的茶亭主人，一时激动得说不出话来。

袁友仁说：“客官，我等你等得好苦呀！我天天把这些银子担出担入，足足担了三年长，今天金还故主，我心头放下了一块大石。”

客人深受感动，他不想收回这些银子，对袁友仁说：“老兄，这些银子就算是我给你三年来的脚力钱吧，请快收下。”说着把银子送给袁友仁。

袁友仁说：“客官，银子是你的，物归原主理所当然。如果我贪财，这些银子早就花光了，还担出担入干什么？”

不管客人怎样说，袁友仁还是不肯要。客人想了想，又提出要酬谢一百两给袁友仁作小本，把茶亭重修扩大，以表一点心意，袁友仁硬是不接受。客人没有办法，不再勉强，只好如数领回银子，最后对袁友仁说：“老兄拾金不昧的美德令人钦赞，这还金之事我毕生难忘。”

袁友仁说："客官言之太过了，区区小事，何足挂怀。"

客人临走时请问了袁友仁的姓名，说："后会有期，再当酬谢。"说完，主客挥手笑别。

袁友仁还金的美德传遍了京城，一直传到当朝的一位尚书那里。当时朝廷正筹备治理黄河等地的水患，需要征聘一些有才干的忠厚人专理工程的钱粮。那位尚书便推荐袁友仁上京应聘。袁友仁经过考试，名列第一，当即被皇上诏聘，袁友仁只好上京就任。

袁友仁在职期间，才干过人，廉洁奉公，曾受到朝廷的嘉奖。完职后告退还乡，继续经营他的小茶亭。后来，袁友仁的小茶亭更加名传四乡了。

袁友仁寿终后，乡人为了纪念他，让他的美德留芳后世，把他的茶亭进行了重修，名曰还金亭。把金色的木匾挂在门额上，同时为茶亭重新刻了一副对联。

上联是：邑乘志清芬，溯此地名贤，茶煮廉泉，三载遗金还故主。

下联是：笠车堪小驻，悯当途热客，亭修旧址，百年嘉树荫劳人。

从此，还金亭的故事便一代一代流传下来。现在，茶亭的匾额和对联虽废，但袁友仁的美德还深深地铭刻在乡人的心上。

张陆渡、天子壁和甲秀亭

相传南宋帝昺被元兵追赶，来到广东揭阳县篮田都五经富乡。太傅张世杰、丞相陆秀夫立即下马深入乡间，向长老询问奇峰峻岭的名字，得知：有的叫虎峰，有的叫猴子凸，主峰叫龙颈山，山溪名为龙江河。张、陆两臣异常欣喜，斟酌道：“主山，主水，均以龙字为冠首；龙乃真天子，无疑此地正应好兆头。”遂打定主意，要在这里鼎足建都，辅助幼主，安邦定国，击灭元兵，收复江山，选择把坡头村筑为京城。消息传开，三军振奋，百姓欢腾，纷纷自动拿起锤钎，上高岭去打凿石块，准备采运来建造城殿。此事感动了千山万岭的大山神和土地神，日夜搬移来许多奇石，以助张、陆建都。第二天，年仅七岁的南宋帝昺，忽见百十座山峦纷纷向坡头村移动，觉得非常有趣，就嬉笑道：“噫嘘，大家看石头无人扛，却会动会行。哈哈，快，快，快！”经他这么一说，大山神和土地神一齐死卖力气，扛着石头加快速度，往前赶来。童稚无知的南宋帝昺，觉得十分好玩，随口说出一个“停”字，众神听从圣旨，立即卸肩放下，于是石头再也不会动了。以后在坡头村，京城没有建成，却在村周围的郊野，留下千千万万块奇岩异石。

南宋军队在五经富乡安营扎寨时，许多士兵为给小帝君添美味，下龙江河去捕捉鱼类，抓起许多肥美的鲫鱼，放到锅里煎。刚煎到半熟时，探卒飞马来报：“元兵铁骑越过盘东南塘山，穿过白塔圩，登上猴子凸，正杀将下来！”张、陆两臣，马上下令将士：向龙颈山撤退。那时，还在锅里的鲫鱼正好煎得半熟，烧赤了一面，幼帝说声：“把鱼倒回溪去让它再活。”军士赶快把鱼倒回龙江溪。果然所有的鱼全都活了过来，游动起来，但却变成了一面赤一面白的“火烧鲫”。从此，潮汕的江河就多了一种叫火烧鲫的鱼类。

张世杰护着幼主先行，陆秀夫殿后指挥南宋士兵，跟元军且战且退，在龙颈山口血战一场，牺牲了不少将士。后人在此立碑纪念，碑刻着“励泉”两字。当年，南宋帝昺一行，来到七魂山下的陡壁边，前面山道崎岖，后面追兵袭来，旁侧又是湍急的山溪涧，真是危在旦夕！幸好时近黄昏，元兵停止追击。张、陆即命令士兵，星夜砍竹做筏，载着幼主安全渡过山溪，逃进深山密林。后人称这个地方为“张陆渡”。

再说，南宋帝昺一行人，历尽艰难，来到大北山。前面又是一条急流直下的山溪，上有秤钩潭，下有龙潭崆，张、陆两臣正为难。忽然，一条长达数十丈的奇石，形如蝴蜞①，骤然间从高山向下伸展移动，爬到山溪涧边。据说又是当地大山神暗地移动大石，欲为幼帝架桥渡涧，但当这条“蝴蜞”正要移动伸过溪涧上面时，给年幼无知的宋帝昺看见了，他大惊失色地哭喊：“哎呀呀！这是什么大虫？我怕，我怕！唔，我不要它动，我不要它动！”给他这么一喊，石头立即停止移动，至今仍然斜倚卧在山溪之畔，后人便叫它“蝴蜞石”。当时面临危境，还是老臣张世杰出谋划策，命令士兵砍树架桥，但是溪涧底层全是花岗岩石，桥板虽做好了，却无法打桩。陆秀夫即叫士兵跳下河去，浸在深齐颈脖的急流中，用手高擎木板连接成的桥板，让幼主和随从人马通过。在用身体搭这座木桥

① 蝴蜞：即蚂蝗。

时，不少军勇被急流冲走，卷进龙潭崆淹死了。后人为纪念先朝忠臣将士的节义，把这条山溪叫做“漂河”。南宋帝昺等过桥之畔溪，以后建了个寨叫做“漂河寨”。

宋帝昺等过了漂河，攀上河婆北面的良田山区。此处，高山更加峻险，在爬登千米之峰时，七岁幼主由军士背着，因那里山高林密，古树、藤蔓、荆棘丛生，突然南宋帝昺戴的皇帝帽碰着枝桠，被钩住了，他失声叫道：“哎哟！我的帽被钩住了，这是什么地方？那么难走。”张世杰听了马上把自己的官帽取下来，给他戴上，并且感慨地随口应道：“这里叫钩髻峰吧！”再往前走，羊肠山径更崎岖，真是寸步难行。忽然背幼主的军士因疲乏过度，脚下一滑，摔倒在良田河畔的悬崖陡壁之上，下面是万丈深潭。幸好小皇帝被一丛山柑树拦住，不然就会葬身于山坑深潭中。当时陆秀夫急忙爬下崖畔，抱起幼主，谁知，南宋帝昺的绣袍却被刺尖钩住了，结果扯破了一角袍裾。小皇帝又喊道：“这是什么树？也想穿龙袍呀！”虽然是在战乱逃亡之中，张、陆随臣和部下将士，都被那小皇帝的话语逗笑了。此后，当地人把山柑树作为穿过龙袍的名贵之树，精心制成旱烟管，视为奇珍异宝，价格极高。南宋帝昺掉下的石崖也就称为“天子壁”。

以后，南宋帝昺等向长乐县、永安县逃亡，又给另路元军追击，只好再折向陆丰县，一直逃到南海之滨的甲子镇待渡山。当时，甲子镇有一渔民叫郑复翁，杀牛置酒设宴，邀集义士举旗勤王。刚好元兵也追到这里，抢先夺得不少船只，以舟作营，兵将摆开阵势，要在海上堵绝南宋帝昺的逃路。郑复翁即带勤王义士们登船与元兵激战，击沉多艘船艇，驾舟冲开海路，驶向待渡山，准备迎驾宋主逃向他方。但在半途中，骤然遇到飓风，不幸舟覆，全部为国捐躯。南宋帝昺的护驾大臣张世杰、陆秀夫非常感动，代主提剑刻石追谥郑复翁为“义烈”。此时，待渡山下，元兵从四面八方包围过来，在这四面楚歌的绝境中，由张、陆率领剩卒，杀开一条血路，向西奔逃，最后在新会崖山投海，殉难于汪洋之中。

后人在南宋帝昺等驻足遥望郑复翁的船只来救驾的待渡山，修建了一座“甲秀亭”。

苏堤的传说

苏东坡被贬到惠州的时候，带来了一个妾侍叫王朝云。不久，王朝云在惠州病死，苏东坡就将她葬在西湖孤山的山坡上。

有一天晚上，苏东坡忽然被一阵声音吵醒。他睁开眼睛一看，发现王朝云解开衣襟，来到床前，俯身给几个月大的儿子遁儿喂奶。再仔细端详，又发现朝云浑身上下湿漉漉的，就不禁大吃一惊，连忙问："爱妾，你怎么浑身都是水呀?"朝云哭着说："遁儿还小，我不放心，就回来看看，可途中隔着一个湖，无路又无船，我只好蹚水而过，所以浑身湿透了。"说完她就不见了。苏东坡慌忙起床，果真看见地下有一滩水迹，大为震惊。

第二天，苏东坡到西湖察看了地形后，就决定在西湖的东岸和西岸间造一座桥。

不久，桥造好了，王朝云又想回家。可是，因为桥有桥神把守，鬼是过不去的，所以王朝云反而回不了家。

以后，人们为了让王朝云能回家，把桥改筑为堤。为了纪念苏东坡，就将堤命名为"苏堤"。

石龙堤

晋康有个罗洪垌，垌面辽阔，土地肥沃。可惜的是，这里地处低洼，每年到了五月龙舟水季节，西江洪水上涨，罗洪垌全被淹没，住在这里的百姓无以为生，只好外逃。

罗洪垌西有个鹤顶村，村中有个老道士，姓石名念狗。他生性孤僻，却乐善好施。他想：罗洪垌要避免水淹，就得沿江筑堤，而筑堤又不能指望官府，于是决心外出募化，为建堤筹款。

有一年遇着大旱，几个月没落过半点雨。老百姓没有办法，每天一早，抬着土地爷爷和三牲祭品，吹吹打打，到城门外的龙王庙去求雨。但老天爷不理不睬，土地爷爷和三牲祭品，日日抬来抬去，始终没有一滴雨下。老百姓受灾，当官的受累，田地干裂，作物全干焦了。

一日中午，烈日炎炎，酷热难当，石念狗来到康州城南门。这南门面对西江，江边有棵大榕树。石念狗来到榕树头下，见有一群人在唧唧喳喳地议论着什么。他抬头一看，见榕树头上贴有一张榜文，上面写着："现因连月干旱，天神震怒。为降灾化难，免百姓遭殃，特出重金招贤纳士，不论谁人，凡能施法降雨，本县衙将予大大地重赏，金银珠宝任由选择。"石念狗看了榜文，微微一笑："善哉，善哉！"便走上前去把榜文揭了。

石念狗拿着榜文来到县衙，县太爷见了，官腔十足地说："何人揭榜，速速禀上。"石念狗慢悠悠地说："善哉，是贫道揭的榜。"县太爷抬眼一看，见是一个高高瘦瘦，穿道家服，蓬头垢面的老道士，心里嘀咕着：恐怕是一个混饭吃的吧？脸一沉："老道士，你真的会施法降雨吗？如果诈骗官府，就要吃罪的咯！"石念狗说："这区区小法，何足挂齿，如果降不下来，甘心认罪受罚。但贫道也有一言，如果降雨成功，县衙可得依榜文办事！"县官心想：若降雨成功，送他一两件金银珠宝，够他欢喜了，难道要把仓库所有贵重物品都给你带走吗？于是就说："自然照章办理，决不食言。"

第二天，石念狗在城南门的祭坛上安放了一张祭台，摆上三牲祭品，点燃香烛，在四方位奠了酒。然后面向南方，口中念念有词，左手仗着桃木剑，右手拿着方木条，用力一拍，霎时天空乌云翻滚，日月无光，雷鸣电闪，三声方木过后，只听得"哗哗哗"，瓢泼的大雨从天而降。祭坛下看热闹的人们毫无准备，在突如其来的倾盆大雨中，各自东奔西跑，避雨去了。

这场大雨足足下了两个时辰，地面上的积水竟有一尺多深。石念狗手持方木，对县太爷说："雨下够了没有？还要不要下大些？"县太爷急忙作揖说："先生仙术灵验，真是个活神仙，现在雨足够了，如果再下难免又起涝灾，还是停了雨吧。"石念狗把方木向祭台"啪啪啪啪"连敲四下，说也奇怪，大雨就不下了。

县太爷怀着不安的心情，假惺惺地问道："仙师，想要什么奖赏呢？"石念狗看透了县太爷的心事，就拿起打斋用的锡角①，对他说："什么金银财宝我也不要，贫道只要把官仓打开，任我装满这一锡角米就领情了。"

县太爷见他这样说，心上一块石头落了地，连忙说："得得……保证满足仙师要求，我命衙役抬斗米来任先生装就是了。"

---

① 锡角：用铁片做的比较小的计量器。

石念狗一语双关地说："斗米未必能装满我的锡角，既然你已答应了，就不要后悔，请你快些开仓抬米来，我要赶去办事呢。"

衙役打开粮仓，抬来满满的一斗米，对着石念狗手中的锡角哗哗地倒下去，倒完了看看，还不到锡角的一半。县太爷见了暗暗吃惊，急忙命衙役再去抬一斗米来，再倒下去，又是倒不满这小小的锡角。县太爷只好命令所有衙役去抬米，抬了整整一天一夜的米，锡角的米还是没有装满。这时管仓的衙役跑来，跪在县太爷面前禀报："老爷，官仓的米快抬完了，请老爷定夺。"县官老爷听了只得跪下向石念狗求饶："请仙师大人高抬贵手，就此算了吧，否则官仓都空了，还是无法倒满仙师的锡角。"

石念狗看看装的米的确已经不少了，估计足够修筑堤围之用了，就微笑着对县太爷说："快满了，再抬一斗米来。"衙役抬了最后一斗米来对着锡角倒下去，"哗啦啦"，锡角的米装满了。

石念狗收起锡角，对着县太爷打个稽首说："打搅了，善哉！善哉！"慢慢走出县衙，回去修筑防洪堤了。原来锡角中的米已由石念狗略施小法，流到了诚心修堤的百姓家中。

就这样，一条防洪大堤筑起来了。百姓为了纪念石念狗筑堤的大恩大德，就把大堤起名叫做"石龙堤"。传说，石龙堤会随着西江水涨而上升，洪水上涨一尺，它就会升高一尺，所以无论西江洪水有多大，从来也没能淹过石龙堤。

五仙桥

广州市郊区的沙河镇以北有座五仙桥，为什么叫五仙桥呢？传说很久很久以前，广州城的黎民个个敬神，人心向善。一年到底，家家送灶神上天，香烟缭绕，直上灵霄宝殿，玉帝顿觉心旷神怡，忙问灶君："是下界何处臣民，如此诚心？”灶君便道：“这是广州城的老百姓。”玉帝大喜，忙叫五谷仙下凡去广州送五谷，保佑这里的黎民年年丰衣足食，免遭饥荒。

五谷仙接旨，赶忙找天马下凡。谁知正值孙悟空招安上了天庭，封了个弼马温官。新官上任，不知把天马赶到哪里放牧去了。五谷仙无奈，匆忙中只找来五只羊，也只好将就着骑它下凡去了。

再说孙悟空当上弼马温后，十分勤劳，天马吃饱喝足，又繁殖了许多小马。小马贪玩，一不留神，有只小马便溜下凡间游玩去了。

五个神仙骑着五只羊，五只羊口里分别叼着稻、黍、稷、麦、豆五谷，驾着祥云，飘飘然、悠悠然直奔广州城而来。刚到后来建的五仙桥的上空，稻仙忽见到一只小白马，便说：“我们找了半天都找不到马，你们看，有一只跑到这儿玩来了。”众仙便降下祥云，寻找白马，那只小白马见势不妙，连忙伏下，摇身一变，变了个小山岭，众仙找不着，便在这里歇下来。这儿后有白云山，前有瘦狗岭，风景十分秀丽。白云山连绵起伏，郁郁葱葱，瘦狗岭瘦骨嶙峋，形单影只。稻仙忽然问众仙：“诸位，白云山、瘦狗岭近在咫尺，你们说究竟哪个重呢？”豆仙说：“你们看白云山，雄伟高大，瘦狗岭又矮又小，就像小狗比大象，肯定是白云山重哕。”稷仙同意他的看法。麦仙却说：“话不能这样说，一堆棉花够大吧？可为什么比它小得多的铁锤却比它重呢？不能光看大小，要看斤两。”又问黍仙："你说是吧？"黍仙也不回答，笑嘻嘻地从衣袖里摸出一架天平来，架在白云山与瘦狗岭之间，一称，竟然称出瘦狗岭比白云山重。众仙大吃一惊，忙问黍仙是怎么一回事，黍仙捏指算了一会，才说："怪不得瘦狗岭重哩，原来瘦狗岭有龙气，会出天子。"众仙望着瘦狗岭，齐声赞叹。忽然，稻仙骑的羊叫了起来。稻仙知道羊儿肚子饿了，便跨下羊背，替羊儿拿着口里那串稻，让羊儿吃草去了。众仙见稻仙放羊，也一齐放羊儿吃起草来。闲着无事，稻仙又问："用羊儿做坐骑好是好，只是易饱易饿，一饿就要吃草。你们说，有什么牲口要比羊儿好呢？"麦仙说："马儿就好。"稻仙说："不说马儿，要说别的。"豆仙说："麒麟最好。"麦仙一听说麒麟，忙掏出一把扇子，迎风一招，马上来了一只麒麟，对着大家摇头摆尾。麦仙笑嘻嘻地对稻仙说："这是最好的坐骑，请上。"稻仙看见麦仙笑嘻嘻的样子，心中有些疑惑：那么顺当地变出一只麒麟，是不是想戏弄我？豆仙看他迟疑不决的样子，以为是嫌麒麟脏，连忙掏出一方手帕，变了一块毯子，说："仙兄，毯子都有了，试试这新坐骑吧。"稻仙正在犹豫，那只麒麟却等得不耐烦，一溜儿烟跑上山去了。众仙见稻仙放跑了麒麟，都一齐嚷着要罚。稻仙说："好吧，我认罚。小仙的童儿养了几只鸡，就请大家吃鸡吧。"于是念动咒语，不一会儿就拿来一只鸡，杀了，嫌鸡颈没肉，顺手扔到一边去了。于是稷仙去打水，黍仙去捡柴，麦仙去找锅，豆仙看火。不一会儿，鸡熟了，五位仙人兴致勃勃地吃了起来。

玩了半天，羊儿也吃饱了，稻仙这才想起送五谷去广州城之事，忙说：“诸位仙兄，玉帝还等着我们去复旨，我们还是先送五谷去吧。”于是五位仙人让羊儿叼上五谷，跨上羊儿，驾着祥云，又朝广州城去了。

后来，人们在五仙逗留过的地方修了一条小桥，这儿便叫五仙桥。五仙桥前面有座马仔岭，传说那就是孙悟空的天马变的。马仔岭前有个地方叫下马铺毡，那就是豆仙变的毯子。再往北走有个麒麟岗，岗顶上那石麒麟就是当年稻仙放上山的，附近那条鸡颈坑，就是当年稻仙扔下的鸡颈变的。

五眼桥

广州市芳村区有座五眼桥，当地因桥而得名，叫五眼桥乡。这五眼桥乡，民间有着种种美好的传说。

很久很久以前，五眼桥这个地方，河面宽阔，景色秀丽，河涌纵横交错，是个有名的水乡。有一天，有个过路人不慎坠入河中。岸上的人正大呼救人，还没来得及跳下水，忽然那人又浮出水面，像有什么东西把他托起，箭一样向岸边送过来。他得救了，神色如常地走上岸来。众人惊奇不已，看看河里，原来把他托起来的是个大钵头[①]，这时那钵头又摇摇晃晃地复沉下水去。

过了很久，有个渔翁在河边下网捕鱼，起了半天网，连条小鱼的影子也没有。他纳闷地拉起最后一网，觉得沉甸甸的，便高兴地用力拉，不料网到的竟是一只瓦钵头。他懊丧极了，顺手一扔就回家去了。

岸边住着一位养鸭的老婆婆，早上起来看见这只满是污泥的钵头。她想钵头养鸭还有用处，就把它拿到河边洗擦干净，用来装喂鸭饲料。自此以后，一连几天钵头里的饲料总是满满的，她以为鸭群病了不中吃，但看河中的鸭群，还是非常生猛，毛色光滑。老婆婆毕竟放心不下，晚上赶鸭回栏，逐只作了过细检查，奇怪，只只都饱得鼓囊囊的。什么原因呢？原来这是一只“宝钵”，装在钵里的东西吃了多少，它就会长出多少。

那时，这里水面很宽阔，是大通港内港的一部分，常有阿拉伯、波斯等外国船只在此停泊。一次，有位外国人上岸游玩，他是个识宝者，一眼就看出这钵头是无价之宝，便趁着半夜三更人们熟睡时，悄悄把钵头拿走。谁知一踏上船头就被绳拌倒，宝钵掉落河中。他急忙叫水手下河寻找，但始终找不到，只好开船离去。这人不死心，后

① 大钵头：一种粗陶制成用来盛饭菜的器皿。

来还多次暗中请人打捞。

消息传开，村民都知道这是一只“宝钵”。钵头落水后，河水渐渐变浅，四周隆起，活像一只大钵头。低洼处是宝钵底的一部分，经常积水，村民们就叫它“钵底水”。后来这里聚居的人多了，人们觉得“钵底水”这名字不雅，就把“钵”字改为“贝”字，从此村民就叫它做“贝底水”。

多少年过去了，河上建起了一座五孔石拱桥，广州方言一孔叫一眼，老百姓比较直觉，就叫“五眼桥”。据说五眼桥中间一孔是宝钵精华所在，也是宝钵的中心点，河水清时，有缘的人还可以看到水底宝钵的影子呢！